Donne Sottomesse

Erika Sanders

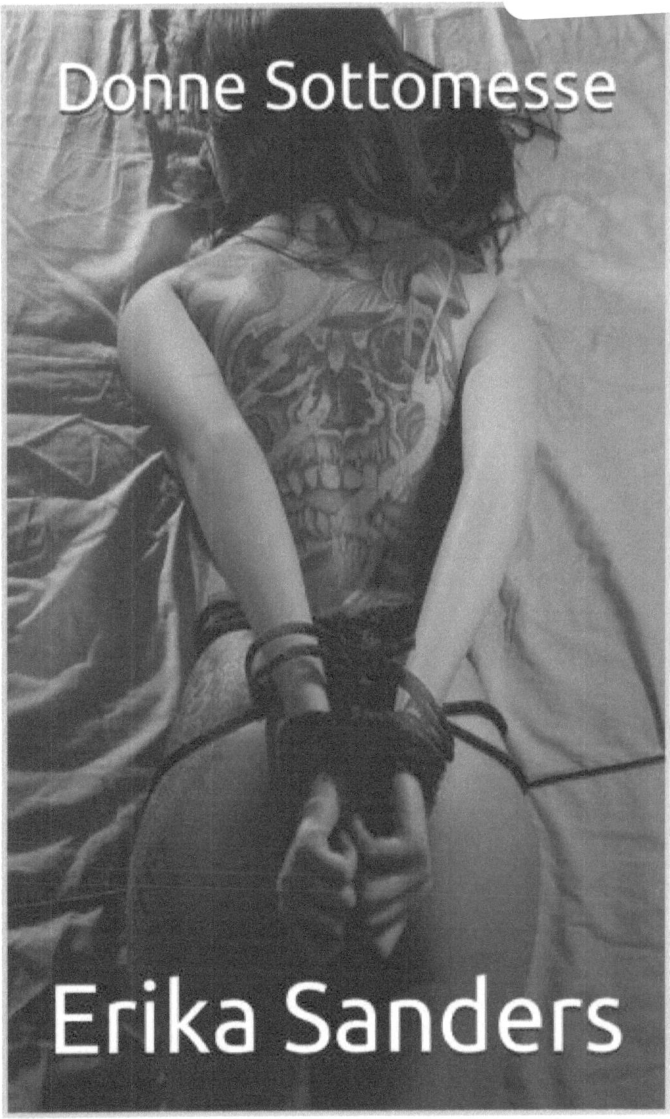

Donne Sottomesse

Erika Sanders

Serie

Donne Sottomesse

Sinossi

Si compone dei seguenti romanzi:
Sottomessa
Fantastic Girl
Il Gioco della Svestizione
Donna Latina Sottomessa

Donne Sottomesse è un romanzo dal forte contenuto erotico BDSM e, a sua volta, un nuovo romanzo appartenente alla collana **Dominazione e Sottomissione Erotiche**, una serie di romanzi ad alto contenuto romantico ed erotico BDSM.

(Tutti i personaggi hanno almeno 18 anni)

Nota sull'autrice

Erika Sanders è una scrittrice di fama internazionale, tradotta in più di venti lingue, che firma i suoi scritti più erotici, lontani dalla sua prosa abituale, con il suo cognome da nubile.

Indice

DONNE SOTTOMESSE
ERIKA SANDERS

9

SOTTOMESSA

11

Ti auguro.

Tutto su di te.

Dalla testa ai piedi e tutto il resto.

Il tuo corpo, la tua mente, la tua anima.

Le imperfezioni che odi che io no.

Amo ogni parte di te, così come sei.

Soprattutto quel culo.

Voglio stare con te.

Tutto il tempo.

Non importa dove ti trovi.

La mia mente vaga, innescata da un pensiero o da un'immagine.

Una canzone.

Le tue iniziali su una targa.

Una semplice parola pronunciata di sfuggita che ha un significato speciale per entrambi.

Uno sconosciuto che porta i capelli come te.

Vestito come te

Voglio sentire la tua voce.

Quando mi chiami con i tuoi nomi da compagnia.

Dimmi che mi ami, ti manco.

Descrivi come è stata la tua giornata.

Chiedimi del mio e dammi la tua opinione.

Condividi ciò che stiamo facendo o pianificando.

Anche il banale.

Seducimi a tarda notte mentre giaccio nudo nel letto al buio e tu sei a miglia di distanza.

Sii duro con me quando vengo viziato e faccio il broncio per riattaccare il telefono per dormire o prepararmi per il lavoro.

Voglio vedere il tuo interno aperto per iscritto.

Assaporo ogni nuovo messaggio e foto.

Rivedo le conversazioni passate.

Ricordo che quando non siamo fisicamente insieme, pensi ancora a me.

Può essere lì con un tocco delle dita.

Le tue parole sono forti anche se non c'è suono; Mi toccano in sottofondo, come se me li avessi detti direttamente all'orecchio.

Voglio parlare con te dei miei romanzi.

Suggeriscimi idee durante il brainstorming della trama e dei nomi dei personaggi.

Elimina le aree problematiche.

Ottieni le vertigini con i commenti e le opinioni dei fan.

Placa la mia rabbia e la mia confusione quando lettori senza volto e senza cuore criticano le mie storie senza una buona ragione.

E continuo a scrivere un altro giorno con il tuo incoraggiamento.

Voglio essere domato da te.

Per cucinare e fare i lavori domestici.

Fai commissioni.

Vai a ballare, guarda un film e fai viaggi.

Rannicchiati e fai un pisolino sul divano in un fine settimana piovoso.

Mi chiama impaziente di fare l'amore sotto pile di coperte a letto tutto il giorno.

Addormentarsi l'uno nelle braccia dell'altro di notte e poi svegliarsi l'uno accanto all'altro al mattino.

Doccia insieme.

Fai sesso truccato quando litighiamo.

Voglio essere baciato da te.

Ripetutamente.

Sia teneramente che rudemente.

Sai come prendermi in giro.

Soddisfami.

Svegliami con le tue labbra, i tuoi denti e la tua lingua.

Per farmi piangere e gemere.

Supplicare.

Il mio corpo trema.

Voglio fare cose stravaganti con te.

Partecipa a pasti ed eventi.

Fai amicizia nel tuo stile di vita.

Partecipa a giochi sessuali alle feste.

Scopri altri desideri segreti.

Rilascia le nostre inibizioni.

Esplora i nostri lati più oscuri.

Portarci l'un l'altro al vertice degli alti e poi confortarci l'un l'altro quando scendiamo al minimo dei minimi.

Voglio essere dominato da te.

Ha ringhiato perché sono tuo.

Mi fai accelerare il battito e il mio respiro si ferma quando sento i tuoi ordini.

Silenziose o brusche, entrambe le situazioni mi fanno arrossire.

Voglio davvero che mi inchiodi contro il muro con il tuo cazzo tra le mie gambe, premuto contro la mia figa.

Che mi ordini di scoparti ... di venire solo quando lo dici tu.

Non ho altra scelta che cedere quando torturi le mie orecchie, il collo e il seno con la tua bocca.

O quando sento le tue mani sul mio corpo mentre reclami le tue.

Il mio petto si gonfia d'orgoglio quando dici che sono una "brava ragazza" per aver fatto quello che vuoi.

Voglio essere legato da te.

Fisicamente.

Mentalmente.

Con le tue mani, manette o corde.

I miei polsi tenuti nella tua presa sopra la mia testa o fissati alla testata del letto.

Gambe ristrette, unite o separate.

I miei movimenti e riflessi controllati.

Ogni possibilità di toccarti è stata eliminata.

Una benda sugli occhi così non posso vedere cosa mi farai.

Voglio essere fottuto da te.

Nudo e sopraffatto dal tuo corpo mentre mi trascini via.

Stare libero da vincoli senza un tocco da nessuno di voi, usando solo le tue parole per farmi contorcere e gemere mentre mi rovini la mente deliziosamente.

O i tocchi semplici e leggeri che hai scoperto fanno emergere orgasmi multipli, non importa dove accarezzi il mio corpo.

Voglio che tu mi usi.

Essere trascinati da un luogo all'altro a piacimento.

Sopraffatto quando combatto.

Il mio culo nudo batteva mentre mi teneva.

I miei giocattoli usati su di me ... da te.

La tua mano che mi stringe i capelli dietro il collo.

Premendomi leggermente sulla gola mentre mi guardi negli occhi.

Per ricordarmi chi comanda.

Voglio obbedire alle tue regole.

Quando sei fuori dalla mia portata, mi danno qualcosa su cui concentrarmi.

Sono definiti tenendo a mente il mio migliore interesse.

So che sarai disciplinato di conseguenza se li infrango.

Che ti fidi di me per essere onesto con te quando ti ho disobbedito.

Voglio che tu mi consoli.

Rannicchiato contro di te quando sono sopraffatto o ho una brutta giornata.

I miei capelli accarezzati e baciati con la mia testa accoccolata sotto il tuo mento contro il tuo petto.

Calmato dalle tue parole e dalle tue braccia intorno a me.

Cullato fino a quando le lacrime non si fermano.

Voglio prendermi cura di te.

Per abbracciarti quando sei triste, stanco o malato.

Sarò la tua forza, qualcuno su cui appoggiarti, perché anche un Dom può avere momenti deboli.

Come tuo sostituto, sono qui per te in qualsiasi situazione tu abbia bisogno di me.

Per farti piacere o alleviare il tuo dolore.

Voglio tutte queste cose e anche di più.

Perché sono sottomesso in quel modo.

Come tuo dominante ...

FANTASTIC GIRL

PRIMA PARTE
ROBERT E MONICA

19

Sei anni fa

Siamo in primavera, le scolaresche aspettano con ansia l'arrivo dell'estate, dei viaggi, degli amori; I pensieri di tutti non sono sui libri, ma su cosa faranno una volta terminate le lezioni.

In una classe come tante, Monica e Robert si siedono ai banchi. Si conoscono dal primo anno. Sono amici.

LEI: Monica; 15 anni; figlia di 2 agricoltori; capelli scuri, occhi scuri.

Segni particolari: bella; la natura è stata molto generosa con lei: un viso splendido, due occhi da favola, pelle liscia e impeccabile, un corpo bello, tonico e ben formato, seni non ancora sviluppati, ma impressionanti per la loro compattezza; A questo si aggiunge il fatto che fin da piccola ha sempre avuto l'abitudine di andare a scuola a piedi o in bicicletta, vista la povera situazione economica dei suoi genitori, percorrendo chilometri e chilometri ogni giorno; inoltre aiutava frequentemente e volentieri i suoi genitori nel lavoro nei campi; quando poteva, gli piaceva rilassarsi nuotando nel laghetto vicino a casa sua. Il risultato è una ragazza bellissima, che toglie il fiato solo per vederla da lontano.

Non è molto brava a scuola, non le piace molto studiare. D'altra parte, eccelle in tutti gli sport - nemmeno i ragazzi possono resistere a lui.

Spera di diplomarsi, trovare un lavoro onesto che la aiuti, trovare il ragazzo dei suoi sogni, mettere su famiglia, più tardi; il suo sogno, tuttavia, sarebbe diventare un'atleta affermata. Per questo, ogni volta che può, si allena, corre, nuota, fa ginnastica da sola sul campo (senza potersi permettere una palestra).

HE: Robert, 15 anni, figlio di 2 professori universitari; capelli castani, occhi azzurri. Ha ereditato una mente straordinaria dai suoi genitori; Potrebbe ottenere voti superiori alla media senza studiare, ma i suoi genitori vogliono il meglio per lui: da bambino lo costringono a studiare 4 lingue diverse e gli impediscono di avere una vera vita sociale;

il risultato è un ragazzo molto intelligente ma timido e introverso; I suoi coetanei lo prendono spesso in giro per il suo aspetto fisico: poco alto, un po 'grasso, assolutamente negato per qualsiasi attività che non richieda solo ragionamenti, un fisico non più eccezionale, ulteriormente rovinato da anni passati tra libri e in il PC. Non ha mai avuto una ragazza ed è consapevole che sarà difficile trovarne una, viste le sue difficoltà nel relazionarsi con gli altri; è sempre stato un po 'rassegnato.

Il tuo primo giorno di scuola.

Sono entrambi in ritardo, si siedono all'unico banco libero; per lui è amore a prima vista; non ha mai visto una creatura simile; stare vicino a lei lo fa stare al settimo cielo; tuttavia, è consapevole che non potrà mai averlo. Si sta già preparando a vederla mentre andrà a sedersi in un altro posto, quando lei gli sorride e gli chiede di spiegare una formula che non ha capito: lui sorride a sua volta e spiega la formula con una naturalezza disarmante.

Diventano amici; Monica vede in lui un ragazzo tenero e sensibile, un amico; tra loro si crea una sorta di tacito accordo; Robert diventa una sorta di "tutor" scolastico e non lesina nel cercare di farle imparare le materie più difficili: per lui averla intorno è un sogno.

Spesso si incontrano la sera per studiare insieme.

Monica, nella sua ingenuità, non si rende conto della sensazione che prova Robert; d'altra parte tutti i ragazzi la guardano in un certo modo e lui, essendo più riservato, non lascia uscire quello che sente; lo vede come un amico e basta.

Robert, invece, col tempo, inizia a maledire se stesso: dirle cosa prova e correre il rischio di perderla definitivamente o continuare ad averla così?

Tempo di laurea - tre anni fa

Monica è diventata una ragazza ancora più bella di prima: ora è più una donna. La sua femminilità è più evidente nelle sue forme, il suo splendido viso più formato. Le sue capacità atletiche l'hanno resa un'atleta completa a livello nazionale; Dopo aver eccelso in tutti gli sport femminili al liceo, è diventata una ginnasta professionista; ora il suo obiettivo è cercare di finire degnamente il liceo per dedicarsi completamente allo sport.

In questo deve molto a Robert, che l'ha aiutata molto, spesso facendone anche la copia nel suo lavoro di classe; il fatto è che lei lo vede felice di aiutarla e non vede niente di sbagliato in questo.

Nella sua ingenuità non si rende conto dei sentimenti che prova per lei.

Anche perché da qualche giorno esce con un ragazzo, del quale si sta innamorando ... beh, almeno sembra che si stia innamorando, le classiche cose che capitano nell'adolescenza. Si incontrano la sera e nei fine settimana, ma non è ancora ufficiale. L'attrazione tra loro è forte, fanno quasi sempre l'amore, c'è una forte intesa.

Non ha visto spesso Robert ultimamente, è abbastanza avanzato negli studi adesso, non ha più bisogno di lui; E poi sta diventando noioso

Robert è cresciuto, soprattutto nella scolastica. Ha vinto diverse borse di studio, soprattutto nei settori dell'informatica, dell'elettronica e della programmazione.

Molte aziende prestigiose ti stanno già valutando per colloqui e offerte di lavoro.

È un genio, riesce benissimo in tutto ciò a cui pensare.

Ma è triste.

Le sue capacità non riescono a impressionare la donna dei suoi sogni, che ora è diventata un'ossessione. Nel disperato tentativo di segnare punti, si è iscritto alla squadra di calcio della città, sperando di poter avvicinarsi agli interessi di Monica ... con risultati disastrosi. Ha lasciato la squadra e ha preso in giro Felix, il capitano.

Si rassegna all'idea di perderla, visto che lei sta imparando a studiare da sola e, soprattutto, entrerà nel mondo dello sport per lasciare il suo.

A volte ti ritrovi a essere persistente con lei:

"Sei sicuro che non vuoi che ti dia una mano per il tuo test di geometria? Davvero, penso che tu abbia bisogno di una mano, tutti hanno difficoltà ..."

Lo zittisce "ascolta, non insistere, mi basta solo, e sto anche imparando, grazie, ma non insistere".

Queste ora sono conversazioni comuni tra voi due.

Due anni fa

A Monica non piace studiare, soprattutto a fine maggio. Preferisce nuotare, camminare ...

Robert sa che dovrebbe arrendersi, ma l'ossessione è più forte di lui.

Non puoi fare a meno di cercare su Internet tutte le foto di lei scaricate da articoli di atletica, ha creato una sua cartella personale.

C'è una foto conservata molto da vicino da un articolo sui campionati regionali, in cui è ritratta in tutta la sua gloria, avvolta in un abito aderente che lascia poco all'immaginazione, scattata durante un esercizio a corpo libero, mentre fa una sorta di ponte, evidenziando le tue forme e muscoli.

Questo non può continuare.

Devi andare da lei e parlarle, esprimere quello che senti.

Decidi di chiamarla, per fissare un appuntamento, devi assolutamente parlarle:

...

Monica: "ma scusa se è così importante dimmi qualcosa al telefono"

Robert: "Beh, dirlo al telefono è imbarazzante, diciamo che riguarda noi due, eccomi qui ..."

Monica: Cosa !? Entrambi? Ascolta Robert, tu ed io siamo amici, niente di più, se è quello che volevi dirmi, evita di venire!

... tu ... tu ... tu ... tu ...

È visibilmente turbata, è impegnata quella notte e non riesce a capire che Robert è stato al suo fianco per tutto questo tempo con secondi fini; E poi ultimamente è diventato troppo invadente

Robert è distrutto.

Adesso sa che l'ha persa anche come amica.

Non si arrende, decide di andare da lei per chiarimenti, almeno vuole che gli parli di nuovo.

Conosci il percorso, sembra proprio brevissimo, rispetto al solito: cosa dirai, come inizierà il discorso? Ora hai indovinato la verità e l'hai persa per sempre. Come si può rimediare?

Mentre si avvicina all'ingresso della casa, sente un ruscello d'acqua nello stagno adiacente alla casa di Monica.

Robert sa che ama nuotare nel pomeriggio per mantenersi in forma.

Lei è più forte di lui, invece di bussare alla porta, lui si avvicina allo stagno, con l'intenzione di bussare a lei.

"Monica ..."

Non puoi sentirlo, è sott'acqua.

Mentre nuota, Robert riesce a vederla in tutta la sua bellezza; il suo corpo sembra essere di marmo, ma conserva un'incredibile sinuosità e femminilità. Si muove sull'acqua con grazia e potenza allo stesso tempo.

In quel momento è tra gli alberi e, quando sta per chiamarla di nuovo, la vede uscire dall'acqua ...

La sua voce gli si blocca in gola.

Non l'ho mai visto.

È nuda.

Si avvicina alla riva, ne esce in tutto il suo splendore, le gocce d'acqua disegnano bellissimi sentieri su tutto il suo corpo, mentre esce e si torce i capelli. I seni pieni ma sodi si muovono sinuosamente insieme ai muscoli pettorali; Nell'addome spiccano gli addominali scolpiti da anni di esercizio. Le gambe sono affilate, lunghe, ma anche definite e muscolose. Il suo corpo è un inno alla perfezione. Quando si avvicina alla riva, Robert vede tutta la sua nudità e rimane immobile senza poter emettere un suono.

Ma accade qualcosa di inaspettato.

Non è sola.

Robert sente una risata dietro un cespuglio dove si sta dirigendo Monica.

Ora l'ha persa di vista, ma può sentire risate, gemiti di piacere e altre risate.

"Monica, penso che dovresti parlare chiaramente con Robert, dirgli che stiamo insieme e smetterla di tradirlo, una ragazza come te farebbe innamorare chiunque ..."

"Ma non pensavo avesse secondi fini ... è ... è solo ultimamente che è diventato insistente, inspiegabilmente geloso, possessivo, questo mi sta dando un sacco di guai ... io ... non so come dirglielo, non sembra capisci. Forse avrei dovuto saperlo molto tempo fa. "

"È meglio chiarire il prima possibile, se non lo fai lo farò"

"Non preoccuparti, sei geloso? Come potevo provare qualcosa per lui? All'inizio almeno pensavo che fosse gentile, amichevole, ma ora penso di capire le sue vere intenzioni; e poi fisicamente ... qui ... è ripugnante. ... certo non come te ... "

Ridono entrambi.

Smettono di parlare e ricominciano a baciarsi e ad abbracciarsi.

Robert è semplicemente pietrificato.

Dopo tutti questi anni che le è stato vicino ...

Quelle parole lo raffreddano.

Vorresti gridare la tua rabbia e frustrazione al mondo intero, ma sarebbe scomodo farti sentire in quel momento.

La cosa più logica è allontanarsi in silenzio, ed è una decisione che è quasi chiara nella mente.

Risalendo la riva, con molte difficoltà, cerca un sentiero meno ripido di prima; mentre lo fa, inciampa su un ramo con il conseguente tonfo.

"Oh mio, hai sentito quella Monica?"

"Credo di sì! Chi potrebbe essere? Qualcuno è venuto a spiarci?"

Si vestono il meno possibile e vagano tra gli alberi alla ricerca dell'intruso.

Robert è in fuga, a questo punto inizia a correre furtivamente, ma l'uomo gli è addosso in pochi secondi.

Riconosce, nell'oscurità, il capitano della squadra di calcio della scuola.

Felix.

"Roberto?"

"Cosa? Non dirmi che sei venuto qui per spiarci!"

"... nn ... no ... per favore ragazzi, non è come pensate, Monica ... io ... sono venuta qui solo per parlarvi, ho sentito un rumore e sono venuta al lago, non mi avete sentito, ma Ti ho chiamato ... "

Un pugno alla mascella lo interrompe bruscamente.

"Sei una specie di verme inutile, ora ti insegnerò a venire a spiare la MIA ragazza"

"... no, Felix, per favore ..."

Un ginocchio allo stomaco lo zittisce ancora di più.

Robert è a terra, indifeso.

Ma più che il dolore fisico è l'umiliazione atroce che sta soffrendo che lo fa soffrire.

Monica prende la mano di Felix prima di picchiarlo di nuovo.

"Fermati, Felix!"

Robert ha una pausa. Forse Monica vuole ascoltarlo, consapevole di tutti i pomeriggi che abbiamo passato insieme.

Niente è più lontano dalla realtà.

Si avvicina a lui, mezza nuda, in mutande e una canottiera leggera ancora bagnata per il bagno.

Spicca il contrasto tra lei, alta, carina, forte, di un colore sano, un po 'abbronzato ... e lui, a terra, curvo su se stesso, spalle e braccia magre, pancia che cresce intorno alla vita, conseguenza degli anni. passato, studiando.

Lei è sopra di lui e la vede come un angelo in suo soccorso.

Una visione da sogno, sta fantasticando di baciarla, di far scorrere le mani su quel corpo fantastico, sdraiato su una spiaggia deserta, con lei per sempre.

Monica lo riporta alla realtà. Lo solleva con una mano per la camicia, lo guarda dritto negli occhi.

"Felix, è inutile sporcarti le mani con questo niente, colpirlo finirebbe solo nei guai. Quanto a te, sottospecie di mollusco, non parlarmi mai più, ero così ingenuo da pensare che mi fossi vicino amichevolmente, ma l'avrei fatto Infatti dovevo aver capito subito di cosa fosse fatta tutta la tua insistenza, gelosia, ossessione; Stampa bene questa voce e questa faccia nella tua mente, perché non mi parlerai mai più. Grazie a Dio partirò la prossima settimana, per andare a un posto dove spero non ci sia nessuno disposto ad offrirmi aiuto "disinteressatamente" e poi spiarmi nella mia privacy ".

Scomparirà.

"Andiamo a casa, Felix. "

Robert a terra, incapace di guardare indietro, in una pioggia di lacrime, striscia verso casa.

Il dolore fisico è appena sentito.

SECONDA PARTE
SONIA E MONICA

29

3 anni fa

Lei: Sonia, 18 anni, suo padre lavora come dipendente, sua madre è un'insegnante di biologia molecolare. Due brave persone. Non è bella. Piccola, pallida, poco importa, è abbastanza femminile ma non è certo provocante. È una ragazza intelligente, ha ereditato dalla madre una grande passione per la biologia e la genetica.

Molto riservata e pudica, non ha mai avuto maschi, non tanto per il suo aspetto fisico, non esuberante ma non riprovevole, ma perché NON è interessata ai maschi.

I suoi interessi sono limitati alla lettura, alla ricerca, alla genetica. Una ragazza fredda, calcolatrice e poco socievole.

E di un sadismo sottile, innato e inspiegabile.

Capita spesso che si rechi in laboratorio, di nascosto dalla madre, per cercare un animale e torturarlo senza un motivo preciso. Gli piace quella sensazione di potere sulla vittima e vedere il tentativo fallito di sfuggire al loro destino da parte degli esemplari più forti.

E grazie alla sua capacità di misurare la sua crudeltà, non ha mai ucciso nessuno.

Le tue vittime preferite sono le più vitali e resistenti, quindi puoi impegnarti di più senza conseguenze permanenti.

In questo senso, non ha mai pensato di poter torturare nessun esemplare umano, anche se l'idea la tenta molto.

Fino a quel giorno.

Siamo ad aprile di due anni fa.

Sonia si prepara a malincuore a seguire la lezione di ginnastica con i suoi compagni di classe.

Noia mortale, oltre a uno sforzo considerevole.

Durante i giri di riscaldamento in palestra, rimane sempre indietro insieme a Robert, il sapientone della scuola. Ogni tanto parlano, si scambiano due parole parlando di questo e quello. Chiaramente non provano alcun tipo di attrazione reciproca, fanno compagnia solo durante le ore di palestra.

Lo trova molto intelligente e è d'accordo con lui in molti aspetti della vita quotidiana.

C'è solo una cosa di cui non capisce il significato: il feeling che ha per Monica, quella ginnasta, arrogante, stupida e, soprattutto, insensibile, vista come "sfruttatrice" del povero Robert. Non capisce come un ragazzo intelligente possa essere preso in giro in quel modo e allo stesso tempo essere persistente e testardo nella sua ossessione.

Il suo è puro disprezzo.

Tuttavia, c'è qualcosa che confonde i suoi sentimenti: il corpo di Monica. È possibile che la natura sia così beffarda da rinchiudere una persona così superficiale, insensibile e stupida in un guscio così perfetto?

A volte negli spogliatoi si rende conto che lui la sta guardando più a lungo di quanto dovrebbe, ma non capisce perché.

Quella stupida ora di palestra sta per finire, aspettando solo l'ultimo esercizio sul palo e poi andando a fare il test in classe di biologia, che finirà tra dieci minuti, dal solito genio Robert, e poi tutti gli altri, che ci vorrà un po 'di più.

Era quella puttanella di Monica che insisteva che voleva salire sul palo, acclamata ad alta voce da tutti gli altri, ovviamente.

Mentre Sonia si prepara a tentare invano di salire, Mónica la colpisce involontariamente, facendola sbattere il naso contro il palo, con una risata generale.

"Zitto ragazzi, andiamo, fate questo esercizio in fretta, siamo già in ritardo ..."

"Mi dispiace ..." dice Monica, e con una leggerezza quasi animalesca sale in cima e poi scende altrettanto velocemente.

"Mi dispiace, dannato stupido" ... è quello che pensa Sonia, ma sta solo pensando. Mentre si aggrappa al palo fingendo uno sforzo inutile per arrampicarsi, osserva Monica sul palo adiacente: maglietta bianca, pantaloncini scuri (come nella divisa scolastica), mutandine e reggiseno a vista. Mentre una parte dei pantaloncini si alza, cade a causa del contatto con il bastone, esponendo un perizoma nero e parte delle sue natiche biancastre che si contraggono con lo sforzo. Durante la discesa, invece, è la camicia che si solleva, esponendo l'ombelico e l'addome piatto. Nel momento in cui scende dal palo, fa il gesto di sollevare la camicia per asciugarsi il viso, mostrando la perfezione del suo addome.

In quel preciso momento, Sonia si vede nel suo laboratorio con i suoi strumenti e Monica seminuda, sudata e ansimante, immobilizzata su un tavolo con corde e cinghie di ogni genere, mentre aspetta che lei faccia il suo lavoro cercando di dimenarsi in vari modi come un animale da laboratorio ... "le scuse non bastano, schifosa puttana, adesso ti insegno educazione".

Aveva sentito parlare dell'orgasmo dai suoi compagni e, infatti, si era accarezzata leggermente, provando un sottile piacere.

Ma in quel momento, immaginare quella scena, mentre lei era aggrappata al palo, gli procura un piacere devastante, come se dovesse trattenersi per evitare di urlare.

Da quel giorno la sua vita è cambiata, vede Monica come una potenziale vittima delle sue fantasie e ne trae piacere.

Gli animali non bastano più.

Qualche settimana dopo.

Come si sente stupida Sonia.

La sua ossessione per Monica l'aveva privata della lucidità.

Avrebbe dovuto immaginare che nessuno l'avrebbe accontentata con i loro giochi malvagi.

E non avrebbe dovuto invitare Monica a casa sua.

D'altra parte, non ha resistito. Nei bagni, dopo le lezioni, la trovò di fronte per l'ennesima volta, e questa volta nuda, mentre faceva la doccia.

Mentre Monica si insaponava con gli occhi chiusi, Sonia ha mangiato quel corpo in ogni centimetro, invidiando per un attimo quella spugna con cui si lavava.

Mentre la fantasia le scorreva per la testa, le altre ragazze notarono la fissazione di Sonia e ridacchiarono.

Sono stati lasciati soli dopo cinque minuti.

Monica: "Perché ci metti così tanto tempo? Pensavo di essere l'unica ad amare una doccia lunga ..."

"... come? Oh sì ... beh è rilassante."

Stava per uscire e chiudere i rubinetti.

"Ehi Monica, ti è rimasto del sapone sul sedere"

"Uh grazie! Che spirito di osservazione! Adesso parto che stasera ho la corsa campestre, se vinco anche con i ragazzi stabilisco un nuovo record, sai?"

"Ehi, sei molto atletico, oltre che carino"

"Grazie" sorride, non immagina cattiveria da parte di tanti uomini, tanto meno una donna.

"A proposito, sai che molti atleti usano l'elettrostimolazione? La usi?

"Be', non per ora, anche se ne ho sentito parlare; non ne so molto."

"Davvero? Vuoi venire a trovarmi? Ho dei congegni, per studi di biologia, sai. Posso farti provare ..."

Era andata a casa sua.

Come due amici.

Sonia non osava dirgli che usava quegli strumenti per i suoi giochi sadici con animali da laboratorio.

Si erano chiusi nella stanza.

"Adesso. Spogliati ..."

"Scusate?"

Sonia non era molto socievole e prima di arrivare al dunque non ha capito che poche parole circostanziali sono solitamente di buon gusto.

"Beh ... beh ... non eri qui per provare gli elettrostimolatori? Devo applicarli dappertutto. Puoi stare in mutande e reggiseno se vuoi."

Monica, un po 'infastidita, ha iniziato a spogliarsi, visto che fondamentalmente è venuta per quello, quindi non ha creato storie.

Sonia aveva quasi perso il controllo quando alzò la camicia. Con occhi quasi tormentati, fissò la sua nuova cavia da laboratorio.

"... senti, ieri ho fatto una corsa di trenta chilometri, sono un po 'stanco, forse non potremmo provare quelle tue cose prima da qualche parte e poi vedere se fa male?"

Trenta chilometri ed è un po 'stanca, pensò Sonia; un atleta perfetto; in questo esemplare posso testare di tutto e di più ... e già la sua mente era persa nell'idea di tutto ciò che poteva provare in una donna così: prove di fatica, stimolazioni prolungate di piacere misto a dolore, controlli di soglia, dolore ...

Fu interrotta nei suoi pensieri da Monica che la vide come in trance

"Ehi ciao! Sonia, sei qui con me?"

"oh sì certo, proviamolo ... sui glutei, va bene"

"Buah ... Sulle natiche?"

"Perché? Sei imbarazzato? Posso aiutarti ..."

Dopo aver applicato abbondante gel sugli elettrodi, li ha disposti con molta attenzione, quasi in modo maniacale, sui glutei e su parte dell'interno coscia.

A Sonia non sembrava vero che potesse toccare quell'animale impunemente, e dovette astenersi dal soffermarsi troppo a lungo sulla sua carne per evitare di insospettirla. Ma la posizione in cui era stata messa, gambe divaricate, leggermente piegata in avanti, con una mano che le teneva fermi i capelli e l'altra appoggiata sul comodino, in mutande, rendeva impossibile non testare la fermezza dei suoi glutei e il interno coscia.

Monica se ne accorse e sembrò un po 'turbata.

Poi Sonia si è rimessa in sesto.

"Ok, ora ti mando impulsi di 1 secondo al livello 1"

Monica sentì un formicolio, ma niente si mosse.

Poi Sonia è andata direttamente al livello 3.

Monica sentiva i suoi muscoli contrarsi ogni secondo; All'inizio la colse di sorpresa, poi iniziò a trovarlo quasi piacevole.

Sonia vide i suoi glutei e gli adduttori contrarsi e iniziò ad entrare in crisi. Gli sarebbe piaciuto stordirla, spogliarla di quel poco che le era rimasto, legarla bene e raggiungere progressivamente il livello 10 in tutto il corpo.

Ma era una fantasia.

Quasi crollò quando sentì a malapena un gemito al momento della contrazione.

Possibile che le piacesse?

Salvo che...

Ha avuto l'idea malsana ...

"Senti, visto che credo ti piaccia, possiamo provarlo su tutto il corpo?"

"Ah beh si, ok"

Il posizionamento degli elettrodi è durato più di dieci minuti.

Sonia voleva godersi ogni momento che quel bel corpo toccava.

Aveva messo gli elettrodi ovunque.

Il più piccolo in bicipiti, tricipiti, polpacci.

Quelli un po 'più grandi su addome, schiena, pettorali, cosce, oltre a quelli che avevo già.

Con un'incredibile scusa, dicendo che doveva collegare la "messa a terra dell'apparecchiatura", l'ha effettivamente bloccata su un telaio che è stato utilizzato come appendiabiti in laboratorio.

E si era anche tolto il reggiseno dicendo "solo per essere sicura" doveva posizionare dei sensori in quella zona per il battito cardiaco. In questo modo ha avvolto i capezzoli con speciali elettrodi e ha fissato la parte del seno al telaio.

Il risultato è stata Monica legata a forma di X, con un corpo praticamente nudo se non per il suo piccolo perizoma nero, e gli elettrodi attaccati alla maggior parte del suo corpo, davanti e dietro.

"... ma ... ma ... non posso muovermi"

"In questo modo posso posizionare gli elettrodi dove voglio e con braccia e gambe tese i tuoi muscoli lavoreranno meglio"

Monica non capiva molto e sembrava molto strano, ma si fidava di quello.

Tutti gli elettrodi erano collegati a una macchina che Sonia manipolava con mani esperte.

È iniziato con i livelli 3 e 4.

Rapita da quest'opera d'arte vivente, dosò i livelli e gli intervalli a suo piacimento, ammirando come tutti i muscoli di Monica fossero praticamente al suo servizio.

Monica lo trovava un po 'strano, ma la sensazione fisica era piacevole.

Tuttavia, c'era qualcosa che la turbava negli occhi di Sonia, sembrava quasi estasiata.

"Beh, interessante, Sonia." Non ti ho chiesto quanto durano di solito queste sessioni. No, te lo dico perché stasera ho un appuntamento e non voglio ...

Fu messa a tacere da un bavaglio che Sonia, in mezzo all'estasi, le mise violentemente in bocca, immobilizzandola ancora di più contro la struttura.

"Zitta stronza!"

Monica, quasi incredula, cercò di liberarsi, ma inutilmente. Dal bavaglio emetteva suoni quasi animaleschi, di rabbia incontrollata, quando Sonia le si avvicinò.

Iniziò a leccarla, baciarla, mordicchiare ogni punto del suo corpo.

E ciò che la eccitava di più erano gli scoppi di ribellione e repulsione nella sua cavia.

Per i successivi cinque minuti, alzò il livello a 7 e vide i suoi muscoli contrarsi in modo innaturale e il sudore aumentò ulteriormente la conduttività degli elettrodi.

Monica è passata da uno stato d'animo prima a una rabbia incredula, poi al panico e infine ... quasi all'eccitazione. Come è stato possibile essere eccitati da una donna così depravata? Inoltre, il suo corpo in violenti spasmi gli diceva il contrario.

Sonia aveva notato che il perizoma si era bagnato e sorrideva diabolicamente. Si avvicinò e iniziò a giocare con il perizoma per rimuoverlo.

Tuttavia, Monica voleva assolutamente uscire da quella situazione disperatamente e la ragione ha prevalso.

Con uno sforzo incredibile è riuscito a rompere parte della struttura metallica e liberare la mano destra.

Quindi si tolse il bavaglio e iniziò a urlare con più fiato possibile in gola, strappando tutti gli elettrodi.

Sonia la trovò di fronte libera e ricevette un calcio in faccia che la fece svenire.

Monica, in preda al panico, è fuggita con i suoi vestiti.

In un momento di lucidità, ha pensato di allertare la polizia una volta arrivato a casa.

Adesso Sonia e Monica sono alla stazione di polizia.

Monica aveva citato in giudizio Sonia per violenza sessuale, dicendo la verità in ogni dettaglio. Tuttavia, la casa di Sonia era isolata e nessuno l'aveva vista andarsene in quello stato né l'aveva sentita urlare. Inoltre, la storia non era molto credibile, perché la polizia ha trovato strano che una donna forte come lei fosse stata immobilizzata da una magra come Sonia. E poi la "cura" non aveva lasciato segni sul suo corpo, che ora era in perfetta salute.

Sonia si stava maledicendo.

Cosa gli era successo?

Attaccala in questo modo.

Certamente è stato un sogno averla, anche solo per pochi minuti, ma adesso?

Monica non si fiderà mai più di lei.

La presa in giro dei compagni e le opinioni della gente non lo interessavano. Ciò che la infastidiva di più era aver perso il controllo ed essere stata gettata in una situazione pericolosa.

Di certo non avrebbe potuto prevedere che la bestia furiosa avrebbe rotto parte del telaio metallico, ma con un fisico del genere ...

Si era ripromessa che in futuro sarebbe stata mille volte più attenta. Perché è ancora determinata a realizzare la sua fantasia.

Per il momento si limita a gestire la spiacevole situazione: in assenza di prove, è lei che accusa Monica di averla aggredita con un calcio dopo averla quasi spogliata per sedurla. La versione di Sonia, con le sue sembianze di ragazza tipica dalle buone maniere, e da buona famiglia, sostenuta dalla ferita al labbro causata dal calcio di Monica, è più probabile agli occhi dei carabinieri che ipotizzano un attacco di Monica dopo un rifiuto di Sonia.

Dopo diversi giorni di indagini, persone interrogate, tutto finisce in una situazione di stallo per mancanza di prove.

Sonia si lascia sfuggire dentro di sé un liberatorio sospiro di sollievo; dopo aver assunto un'espressione spaventata e indignata di fronte ai commissari. Una volta fuori, guarda Monica direttamente negli occhi con un sorriso malvagio e lussurioso come a dire: Hai visto, stupida puttana, di cosa sono capace? Ai suoi occhi, sei quasi più colpevole di me. Sappi che prima o poi sarai MIA ...

Monica è perplessa.

Si rende conto di aver agito in modo ingenuo e sconsiderato.

Solo pochi giorni fa, ha scoperto che Robert, suo compagno di studi, aveva secondi fini ed è venuto a spiarla mentre era in intimità con Felix.

E ora questo compagno di classe la immobilizza per torturarla. Per fortuna ha avuto la forza di liberarsi, altrimenti ... cerca di non pensare a cosa sarebbe potuto succedere. Oltre a quello stato di eccitazione quando era impotente alla mercé di quella pazza?

Meglio non pensarci e pensare al tuo futuro da atleta, tornando ad allenarti.

E senza elettrostimolatori ...

Piccola parentesi

Una settimana dopo il fatto.

Monica ha condiviso la sua versione con i suoi compagni di classe / amici. Molte persone credono a Monica, è una ragazza molto amata e rispettata, non solo oggetto di invidia e desiderio.

Sonia non ha amici, è una ragazza timida. Di conseguenza, non si cura degli sguardi sprezzanti delle persone. Tornò a fare i suoi giochetti con animali da laboratorio e porcellini d'India.

Oggi è prevista una gita di un giorno al parco.

Sarà sola a guardare i ragazzi e le ragazze scherzare, giocare e corteggiarsi a vicenda, inclusa Monica.

Curiosamente quel giorno, dopo aver nuotato nel lago del parco, un gruppo di ragazze ha cominciato a incontrarla, per parlare del più e del meno.

Insieme vanno a fare una passeggiata nel bosco.

Quando si avvicinano a una cascata rumorosa, smettono di parlare.

Sonia è spaventata dallo sguardo dei suoi improbabili amici.

"Adesso avrai una piccola lezione"

Viene portata sulle ali, incapace di ribellarsi, dietro una roccia, spaventata.

Monica la sta aspettando dietro la roccia.

"È tutto tuo, Monica, dalle una bella lezione, staremo all'ingresso per impedire che qualcuno si avvicini, anche se il posto è quasi sconosciuto; tra una ventina di minuti torneremo a prenderti; divertiti."

Sonia è in uno stato di terrore.

La figura imponente e bella dell'oggetto dei suoi desideri si staglia a un metro da lei. Ma non è quello che vorresti. Sonia vorrebbe averla legata, alla sua mercé, ora sono soli e solo Dio sa cosa accadrà.

Monica si toglie i pantaloncini e la maglietta, rimanendo in bikini.

Si avvicina a Sonia, che per un attimo la vede come un'amante e cade in ginocchio ad ammirarla.

Quando vede Monica così non pensa più, fa il gesto di baciarle l'ombelico.

In risposta, riceve un calcio allo stomaco.

"Ora mettiti a nudo, CAGNA"

Senza capire le sue intenzioni, obbedisce senza esitazione.

"Completamente"

Monica si toglie anche i suoi ultimi vestiti.

"Non farti idee strane, puttana, non voglio bagnarmi i vestiti"

Le due ragazze, nude, sono un evidente contrasto tra loro; bellezza e bruttezza, forza e fragilità, sensualità esuberante e vergognosa timidezza.

Monica la trascina per i capelli verso la cascata e la getta in acqua, tuffandosi dietro di lei.

La prende per il collo e la solleva.

"Adesso in questi venti minuti avrò una piccola vendetta, puttana, e spero, soprattutto per te, che non mi parli mai più ... ah, non ti preoccupare, non lascerò segni visibili perché tu mi denunci"

Sonia guarda la sua ex cavia con nostalgia e ammirazione.

Mentre è piegata con le mani intorno al collo, i suoi occhi sono pieni di rabbia. Nello sforzo di sollevarla, contrae ogni muscolo del suo magnifico corpo.

Sonia vede Monica in tutto il suo splendore e in tutta la sua furia, anche se la situazione è ribaltata rispetto all'ultima volta.

Durante i successivi 20 minuti, Monica schiaccia più volte la testa di Sonia, spingendola al limite. Mentre lo tiene, lo colpisce anche un paio di volte. Devi sfogare la tua rabbia per aver sofferto quella sensazione di vulnerabilità che provavi in casa della puttana. E soprattutto per quell'insensata eccitazione che aveva provato.

Anche in questo momento si chiede perché abbia dovuto spogliarsi completamente, il costume da bagno si sarebbe asciugato al caldo.

E essendo nuda e sola con quell'essere perverso, si eccita di nuovo.

Questo la fa infuriare ancora di più, facendola tenere la testa sott'acqua per alcuni istanti più a lungo di quanto dovrebbe.

Sonia beve acqua e inizia a tossire convulsamente.

Monica si ferma, raccogliendosi.

In questi minuti Sonia soffre fisicamente, ma chiaramente sa che Monica vuole solo darle una lezione. E questo la rassicura. E vedere quella bestia in tutta la sua furia la eccita, pensando a cosa potrebbe fargli, se è nelle giuste condizioni.

"Adesso vai via"

Dice Monica, un po 'scioccata dall'emozione inspiegabile che ha provato poco prima.

Sonia la guarda, vestendosi, chiedendosi se i capezzoli di Monica siano così eretti a causa dell'acqua fredda o per altri motivi.

Gli occhi si incontrano e Sonia ha di nuovo quella luce diabolica negli occhi.

-Voglio averlo-

Monica pensa a Sonia.

Se ne va, tossendo, lanciando occhiate assassine agli "amici" di turno.

Monica sa che i suoi amici si uniscono a lei quando urla contro di loro.

"Lasciala da sola!"

Gli amici capiscono il momento difficile e si ritirano.

Nella solitudine della cascata, Monica si ritrova alle prese con i suoi istinti.

È nuda nell'acqua; Negli ultimi tempi, gli eventi con Robert e Sonia gli stanno facendo capire quanto la loro scioccante bellezza influenzi le persone.

Si sente quasi in colpa.

E a disagio.

Si sente osservata.

Si volta verso la cima della cascata.

Un'ombra furtiva fugge e si ritira in un cespuglio.

Monica, ancora sconvolta da quanto accaduto, con un balzo prodigioso raggiunge velocemente la boscaglia in cima alla cascata e riesce a catturare l'ignaro "ammiratore" ... Robert.

"Come? Di nuovo tu?"

Monica è in soggezione di quanto sia sempre più oggetto di attenzioni indesiderate.

Robert non ha niente da dire, questa volta sa che ha torto ed è del tutto ingiustificabile.

Monica, in mezzo a una rabbia incontrollata, lo colpisce con due pugni e gli stringe con forza il collo.

"Dannazione! Puoi sapere cosa vuoi da me? Voglio solo che mi lasci in pace. La lezione del lago non ti è bastata?"

Robert, incapace di reagire, è a terra. Le mani della sua amata gli stanno stringendo il collo mentre lei si siede sopra di lui, nuda a cavalcioni di lui. Nonostante la situazione pericolosa, vedendo quella bellezza selvaggia, non può fare a meno di stendere le mani sul corpo nudo di Monica, eccitarsi, ora non ha niente da perdere.

Monica capisce a malapena la situazione, e quando nota un inconfondibile rigonfiamento nei boxer del ragazzo, respinta dall'aspetto dell'individuo, gli dà un calcio deciso nelle parti inferiori, provocandogli un dolore indescrivibile.

La situazione in cui è nuda su un ragazzo per terra, unita agli eventi di poco prima, provoca ancora una volta una strana eccitazione nella ragazza, quasi affascinata dal suo potere e forza, e dall'effetto che ha sulle persone.

Spingendo con forza il pensiero fuori dalla sua mente, fugge lasciando a terra un Robert fisicamente annientato.

Quello che gli è appena successo, quel calcio violento, gli sta provocando un dolore lancinante alle parti inferiori.

L'oggetto del suo desiderio è sempre più irraggiungibile per lui, e cade sempre più in basso

Ultimamente aveva scoperto cosa era successo tra Sonia e il suo oggetto del desiderio.

Questo lo infastidisce molto. Soprattutto, si chiede come sia riuscita Sonia a convincere Monica a congelarsi così. Poi la storia degli elettrostimolatori ... si vergogna di se stesso eccitandosi solo a pensarci.

Prova una certa invidia per quella strana ragazza magra e brutta con la passione per la genetica: pensava di averla, anche se solo per pochi minuti e in modo malvagio.

E quanto avrebbe dato per essere solo con lei in quella casa, con lei completamente nuda e legata?

Ma a cosa sta pensando? No, pensare a queste cose ti farà solo male.

Dimissioni degne è meglio.

TERZA PARTE
MONICA E IL SUO COSTUME

45

2018 - Lo sport

Nessuno che abbia visto Monica in questi anni, il suo fisico, di cosa è capace, anche in competizione con i ragazzi, avrebbe il minimo dubbio che lei abbia tutte le carte in regola per diventare un'atleta di livello assoluto. Sembra quasi, a 21 anni, che a volte superi le leggi della fisica. Quello che sorprende di lei è il fatto che eccelle sia nelle discipline in cui è richiesta la forza (come il lancio del peso, il lancio del giavellotto) sia nelle discipline veloci come la corsa; Riesce a superare gli atleti neri nelle discipline prettamente di velocità, suscitando stupore, ammirazione e persino invidia da parte degli atleti che la circondano.

Il nuoto gli permette di mantenersi in forma, ma anche in questa disciplina eccelle e riesce a tenere il passo con la maggior parte dei ragazzi.

La disciplina in cui riesce a coniugare il tutto con risultati eccezionali è il salto con l'asta, tanto da puntare di più su quella specialità, con un po 'di rammarico per non essere riuscito a gareggiare in tutte le discipline (cosa che potrebbe fare tranquillamente).

La sua relazione con Felix è finita molto tempo fa, nonostante l'attrazione che provava, non poteva sopportare la sua gelosia; d'altra parte capisce, vedendosi allo specchio, che nessun uomo può smettere di ammirarla. Ma è meglio così, in quel momento si sente bene con se stessa e libera.

Solo da un punto di vista professionale manca qualcosa. È vero che si sta preparando per i Giochi Olimpici, che sono già abbastanza famosi, che le è stato proposto di camminare, posare per i calendari ... eppure si sente quasi intrappolata da quella vita di allenamenti e corse.

Vorrei avere più soddisfazione.

La nascita del supereroe

In una domenica come le altre, dopo aver passato un sabato in discoteca con gli amici e una splendida notte d'amore con un ragazzo conosciuto quella stessa sera, guarda la televisione ed è incuriosita da una serie in cui si travestono tre bellissime ragazze. un vestito attillato e ... rubano.

Monica non ha problemi finanziari, anche se non naviga in oro, ma la sua voglia di provare nuove emozioni prevale.

Una notte indossa un costume da bagno grigio scuro aderente.

Lo indossi senza niente sotto.

Prepara anche una copertura per il viso, che sia anche aderente.

La tua prima "missione" è esplorare la città.

Come farlo senza essere visti?

Le sue capacità atletiche vengono in suo aiuto ... e così fa il suo asse.

Dalla finestra della residenza, alle 2 del mattino, scende in silenzio senza farsi scoprire, aiutata anche dal colore della tuta.

Nonostante non possa essere visto bene così, decide di attraversare le zone meno affollate.

I tetti sono i posti più facili per avere tutto sotto controllo.

Monica è soddisfatta di se stessa: l'idea di saltare da soffitto a soffitto con l'aiuto di un palo, oltre a permetterle di avere la situazione sotto controllo, le permette di allenarsi ancora di più (come se ne avesse bisogno).

Dopo la prima notte di pattuglia, ne arrivano altri, ma finora sembra più un gioco.

Una notte si accorge che un gruppo di criminali sta facendo irruzione in un supermercato.

Il buon senso ti dice di avvertire le autorità ... ma il tuo coraggio prevale.

Con un balzo prodigioso atterra sul tetto del supermercato.

Si intrufola da una finestra per guardare quattro uomini in passamontagna con scatole vuote.

Non sa perché è entrata lì dentro, cosa può fare adesso? Forse solo curiosità o voglia di metterti alla prova.

I suoi movimenti sono aiutati dal fatto che le luci sono spente e i criminali non si accorgono della sua presenza. Ma accade qualcosa di inaspettato: quello che sembra essere il capo dice qualcosa al suo compagno, che va al cruscotto accendendo tutte le luci: ha ovviamente notato la sua presenza.

Con il cuore in gola, Monica si accuccia dietro il bancone refrigerato, cercando di vincere velocemente l'uscita.

Uno dei quattro lo vede!

"Ehi, smettila ..."

Monica cerca di scappare dall'uomo e ci riesce, essendo molto veloce; Decide di tornare alla finestra dalla quale è entrata, si è già posta diversi metri tra lei e l'uomo, quando dietro un angolo incontra il boss e un altro, entrambi con una pistola puntata contro di lei.

"Gioco finito"

Adesso ce ne sono quattro intorno a lei e Monica si maledice per la sua incoscienza e stupidità.

"Adesso dimmi chi sei e cosa ci fai qui, intanto, con le mani sulla testa"

Adesso che Monica è con le mani sopra la testa, la tuta attillata mette in risalto le sue forme sinuose, i suoi seni paffuti e sodi, i suoi glutei scolpiti, le sue braccia muscolose, il fatto che abbia paura, più che la fatica di correre, la fa respiro veloce e fiato corto. Senti gli occhi dei bulli su di lei.

"Sei una donna, eh? Interessante, ora mentre ti sto puntando questa pistola, togliti quel costume carino, inizia con la tua faccia, voglio vederti in faccia"

Monica non sa cosa fare ... i ladri hanno passamontagna, le telecamere non sono un problema per loro, ma lei ... il suo volto riconosciuto, la sua foto sui giornali, la sua carriera rovinata, il ridicolo delle persone ... lo è pietrificato e incapace di pensare chiaramente.

"Bene, a questo punto ... voi due, tenetela stretta."

I due le si avvicinano e la prendono per le braccia, tenendole saldamente dietro la schiena; lei teme il peggio.

"Capo, è un po 'più alta di noi, e guarda le sue braccia ... non sarebbe meglio legarla?"

"Basta, ricorda che siamo in quattro e che lei è solo una donna, vigliacca"

Il capo si avvicina con la pistola puntata e fa cenno di togliersi la maschera.

Monica, a questo punto, seguendo il suo istinto, allunga un forte ginocchio verso le parti inferiori dell'uomo, scaraventa con forza i due che la tenevano contro il muro, togliendoglieli come due ramoscelli. Quindi afferra la testa dolorante del capo e la lancia contro il muro verso la stanza che gli puntava la pistola.

Con un salto è su entrambi, prende le armi e le spinge, cominciando a colpire e calciare i due sfortunati, facendoli svenire.

Gli altri due, quelli che la tengono per le braccia, le si gettano addosso con due sbarre di ferro. Il primo viene neutralizzato da un calcio al naso, ma il secondo riesce a colpire Monica all'addome; Incredulo vede che la ragazza sente il colpo e per un attimo crolla, ma in un attimo è in piedi e lo disarma. Adesso è l'unico che non è privo di sensi, ma è terrorizzato: chi potrebbe rimettersi in piedi dopo un colpo del genere?

Monica lo prende per il collo e lo sbatte contro un muro. Lei stessa è affascinata dalla sua forza e potenza. Ricorda la situazione, il sentimento con le spalle al muro, con quattro uomini contro di lei, due dei quali armati, i loro sguardi avidi verso il suo abito grigio, la consapevolezza di essere vittoriosa, la eccitano di nuovo ... la stessa emozione questo l'aveva turbata alcuni anni prima. La cosa la infastidisce, stringe forte il collo della vittima ...

Le sirene interrompono tutto.

Monica si rende conto del pericolo di essere scoperta e scappa velocemente.

"Aspetta ... ma chi è, quella cosa vestita di grigio, sembrava una donna ... ragazzi, venite qui, ci sono quattro rapinatori privi di sensi per terra, guardate."

Monica è velocissima, l'adrenalina la aiuta.

Raggiunto il soffitto, usa il palo per saltare dall'uno all'altro, il suono delle sirene si spegne.

Raggiunta un'area scarsamente popolata, scende dai tetti e inizia a correre a perdifiato, bastone in mano, verso la residenza.

Miracolosamente non viene scoperta e cade nella sua stanza con grande sollievo.

È un po 'scioccata, ma sta bene.

Ma cosa le succede?

Vuole capire.

Va allo specchio, si toglie la maschera, è ancora travestita.

Si toglie anche il vestito grigio e guarda il suo corpo nudo; lei è sudata per la corsa. I suoi ricordi volano alla sua prima "pattuglia", poi all'incontro con i ladri, le armi puntate contro di lei, la sua reazione devastante ... e qualche anno fa ancora ... quella ragazza malvagia che la immobilizza e la tortura. E guarda quello rilasciato con la forza ... quello che tiene sott'acqua la testa della ragazza, quello che colpisce il "voyeur" Robert.

La si osserva mentre la sua mano va ad accarezzarsi, rotola sul pavimento, le stringe forte il seno ... e ottiene un piacere mai provato prima.

Lei è arrabbiata.

Nemmeno felice.

Ma gli piaceva passeggiare per la città di notte ...

Il giorno dopo i telegiornali ei giornali parlano della vicenda, un video in cui, vestita di grigio, si getta sui criminali e fugge viene mostrato più volte su varie emittenti e su internet.

"I ladri, interrogati, rivelano come questo" fantasma grigio "sia uscito dal nulla e come la sua straordinaria forza gli abbia permesso di metterli al tappeto ... ora la gente sta già tifando per un improbabile supereroe" 'Fantastic Girl', è il nome più popolare ... chi è? Perché lo fa? Come può essere così forte? Tutte le domande che, al momento, non hanno risposta ... "

Leggendo l'articolo, Monica sorride, sapendo che non possono risalire a lei.

A Fantastic Girl piace ...

Certo che la cercherà la polizia, è ancora una che non rispetta le leggi, che di notte abbassa le finestre dei supermercati e si fa giustizia da sola ...

Decide di aspettare qualche settimana prima di "uscire" di nuovo.

Dicembre 2018 - The Capture

Sono passati alcuni mesi da quando è nata Fantastic Girl.

Monica è stupita che un comitato esterno del campus abbia riunito una serie di ragazze dai 16 ai 35 anni, di grande forza fisica, più o meno della stessa altezza e carnagione.

L'appuntamento è sul campo di atletica leggera, dove viene fatta una fila di ragazze in modo che una ad una entrino e si siedano in una stanza, scambino due parole con una signora e subito dopo escano.

Monica è perplessa, ma entra silenziosamente nella stanza.

Una donna sulla cinquantina è seduta su una sedia con uno strano cellulare sul tavolo (non ha mai visto quel modello prima).

Ora riconosce la donna da quando aveva assistito al suo interrogatorio per l'episodio con Sonia.

Dopo aver osservato Monica dalla testa ai piedi con uno sguardo strano, le chiede informazioni, nome, indirizzo, età, ecc. ...

L'ultima domanda la coglie di sorpresa:

"Conosci Fantastic Girl?"

Monica è incredula, che razza di domanda è questa?

Dopo un momento di indecisione:

"Be ', sì, so che è una specie di supereroe che ultimamente' guarda 'la città ..."

La signora la interrompe.

"Ebbene sì, effettivamente è utile per la comunità, anche se è ancora un fuorilegge; ecco perché la polizia vorrebbe interrogarla, ma lei non sembra molto propensa ad essere arrestata; è un peccato, la polizia vorrebbe collaborare con lei ..."

"Capisco, ma perché sei venuto qui?"

"Beh, è semplice, i pochi dati che abbiamo su Fantastic Girl sono che è una donna, che è forte, alta, atletica e opera in questa regione ... diciamo che stiamo prendendo dati su potenziali eroine, niente di cui preoccuparsi. .. "

La signora guarda il cellulare.

"Sei una Fantastic Girl?"

Monica accenna a un sorriso falso.

"Ma non scherziamo, ovviamente no!"

La signora guarda il cellulare.

"Va bene Monica, puoi andare."

Monica è preoccupata, anche se non hanno prove per localizzarla.

Negli ultimi mesi è sempre stata cauta.

Le sue pattuglie erano molto discrete, solo quando incontrava qualcosa di serio, come rapine, rapine, violenze, interveniva in modo rapido e letale: non ricorda quanti rapinatori, stupratori e rapinatori aveva messo fuori combattimento con relativa facilità.

Diverse volte si è imbattuta nella polizia, il cui scopo era, tuttavia, di arrestarla, ma è fuggita rapidamente.

In ogni caso, i poliziotti la inseguivano per parlare, più per dovere; dopotutto, uno così in città era conveniente per loro. Per questo sembra ancora più strano che qualche "commissione esterna" si preoccupi di capire chi sia Fantastic Girl.

E poi quella signora sembrava molto, troppo sicura di sé.

Be ', in ogni caso non avrebbe mai rinunciato a quella vita: c'erano troppe soddisfazioni, troppa adrenalina ogni volta che indossava quel costume.

Negli ultimi mesi ha intensificato notevolmente il suo allenamento, migliorando ancora di più (se necessario) la sua forza e, soprattutto, la sua elasticità.

Non sapeva che il suo corpo potesse arrivare a tanto, aveva scoperto un potenziale più nascosto, sviluppato muscoli in aree che non avrebbe mai immaginato.

E quando scendeva silenziosamente dai tetti delle case per sorprendere i criminali e metterli fuori combattimento, anche se la prudenza suggeriva il contrario, preferiva sempre essere scoperta, poi mostrare la sua forza e metterne fuori quattro o cinque contemporaneamente. Lo stupore degli sfortunati, la loro paura e la consapevolezza del loro potere gli procuravano sensazioni strane, simili a quelle che odiava quando era con Sonia o Robert.

Stasera era come tutte le altre.

Ladri in un centro commerciale.

Non c'è l'ombra di una pattuglia della polizia.

È il loro momento.

Entra e, al buio, vede sette uomini armati.

Questa volta sarà difficile, ma ne ha già abbattuti di più con la sua straordinaria forza e agilità.

E così accade.

Apparendo dal nulla, prende i sette uomini alla sprovvista e li mette fuori combattimento con facilità.

Ma non aveva visto l'ottavo, che aveva visto la scena dall'alto.

Un dardo gli si conficca nel braccio; nessuno l'aveva mai picchiata. Dopo due secondi sei già incosciente.

Quella notte i poliziotti non sembrano dare credito di aver "catturato" Fantastic Girl, tanto che stanno già discutendo della possibilità di non rivelare che era già incosciente sul campo per prendersi il merito e andare come eroi.

In ogni caso, la ammanettano e la portano in cella, in attesa di essere interrogata il giorno dopo.

Monica si sveglia nella sua cella, ammanettata, travestita e ... senza maschera.

È furiosa, ma con se stessa. Troppo sicuro di sé e leggero nella recitazione, troppo sicuro delle sue qualità ginniche.

Ora la sua identità verrà rivelata alla stampa e, purtroppo, molte cose cambieranno per lei.

Potevo sentire le guardie litigare.

"Dopo la pubblicazione delle foto di Fantastic Girl, la stampa diffonderà il racconto di come l'abbiamo catturata; ho già chiamato un'amica giornalista, le foto sono in archivio. Mi dispiace un po 'per lei; ma intanto dopo quanto che ha fatto per la città, nessun giudice avrà il coraggio di condannarla, nemmeno di pagare una multa. L'unica cosa è che ormai tutti sanno chi è. Monica G. è Fantastic Girl, chi l'avrebbe mai detto? Certo, ora spieghiamo forza fisica ...

Ehi, fermati, chi sei? Nessuno può entrare qui ... "

Un tonfo. Un colpo. Un altro tonfo.

Sette uomini in giacca e cravatta blu entrano armati e aprono la cella, puntandovi contro strane armi. Un dardo la colpisce e lei sviene.

Il giorno dopo sui giornali:

SENSAZIONALE: Fantastic Girl risulta essere la promessa dell'atletica mondiale Monica G., considerata da tutti quasi un'aliena per le sue doti atletiche, non da ultimo per la sua bellezza. Ma il giorno della cattura riesce a scappare in qualche modo, magari con l'aiuto di complici. Il fatto è che ha neutralizzato due guardie ed è fuggita. Nessuno la trova, non si è presentata per l'addestramento. La polizia ha già emesso l'allerta di confine. La verità è che, prima era un'eroina amata da tutti, dopo aver ucciso due ufficiali è colpevole di omicidio ... "

QUARTA PARTE
ROBERT E SONIA

57

2018 - Carriera, complicità

Chi non ha mai fantasticato di essere un agente della CIA?

Nell'immaginario collettivo, sono loro a essere decisivi per eventi di vitale importanza come il terrorismo, i tentati attentati, ecc.

Nei film, ad esempio, non c'è nemmeno bisogno di parlarne più.

Agenti, uomini o donne preparati a tutto, più dotati fisicamente e intellettualmente di altri, moralmente inflessibili e fedeli alla loro patria.

Sfortunatamente (o fortunatamente, a seconda del punto di vista) le cose sono molto diverse nel mondo reale.

Il "gruppo", in primo luogo, non ha nome e non è noto alla gente comune.

Certo, la CIA esiste, svolge molte delle attività che vedi nei film.

Ma chiunque controlli davvero tutto non può essere lì perché tutti lo vedano.

E chi ci lavora è tutt'altro che moralmente incorruttibile, anzi, si cerca il contrario.

Ma facciamo qualche passo indietro.

2017 - Reclutamento

Sonia non è depressa, è "in attesa", in attesa di una situazione favorevole.

Dopo le sciocchezze con Monica, le persone, a differenza del famoso atleta della città, la evitano.

Non passa giorno senza maledire quel maledetto giovedì in cui ha deciso di invitare Monica.

Certo, quel giorno ha anche vissuto la più grande emozione della sua vita ...

Data la discriminazione subita, ha dovuto anche lottare per trovare lavoro; per questo rimane stupita dall'intervista rilasciata in una sala conferenze del miglior albergo della città; non sa cosa sia o il nome dell'azienda.

"Buongiorno Sonia"

"Ciao".

Una donna sulla cinquantina la saluta con sicurezza, con una strana luce negli occhi.

"Come ci si sente a essere considerata una lesbica sadica perversa dai cittadini?"

"Io ... io non ..."

"Oh, Sonia, è inutile negarlo. Guarda, io ero presente al momento del reclamo, quando ho scoperto la natura del reclamo sono corso in questa città e ho assistito al tuo interrogatorio. Guarda, sei stata molto intelligente nel negarlo e nell'inventarlo storia. che TU hai rifiutato Monica e lei ti ha picchiato. Ma io avevo questo ... "

Un oggetto simile a un telefono cellulare.

"Vedi, questo oggetto indica senza possibilità di errore se una persona sta mentendo o no ... e Monica non stava mentendo, te lo assicuro"

Sonia era arrabbiata.

"Guarda, non so cosa vuole da me, questi miserabili inganni mi lasciano indifferente; la sua storia non regge nemmeno; se fosse come dice lui sarebbe dovuto intervenire e arrestarmi dopo l'interrogatorio, invece di far cadere la questione per mancanza di prove "

"E perché dovrei?"

"Ma ... mi dispiace, non è della polizia? Cosa vuoi da me?"

"Mettiti a tuo agio ragazza, ora ti dirò chi sono e cosa voglio; mi interessa molto la tua conoscenza della genetica, tra l'altro ... ah, parlami di te"

In una trentina di minuti tutto chiarisce.

Il gruppo controlla il destino del mondo. Lo fa con una mano invisibile. I fondi e le strutture che possiede sono segreti. Come le tecnologie avanzate che hanno, incluso il "telefono della verità" visto sopra. Oltre agli agenti sparsi per il mondo, dispone di un centro di ricerca suddiviso in più dipartimenti: ingegneria, fisica, genetica.

Il Centro di Biologia / Genetica si occupa di esperimenti sull'uomo di vario genere. Grazie al rischioso incrocio di razze, alla chirurgia, all'elettroshock, il gruppo è riuscito a creare il soldato perfetto, dall'essere umano: sono uomini e donne perfettamente sani che sono cresciuti da quando sono nati in laboratorio, ma con una caratteristica fondamentale: l'obbedienza cieco al superiore; privo di diverse volontà e desideri di servire il gruppo.

Nel centro sono presenti numerosi studi, sempre sperimentando, sulla fatica, la resistenza al dolore, l'istinto sessuale. Questi esperimenti vengono effettuati, solo per scopi cognitivi e in attesa di sviluppi futuri, su sfortunati poveri.

Le cavie sono selezionate con cura: esseri umani di entrambi i sessi, maggiorenni, sani e robusti per quanto possibile per resistere a vari "trattamenti". Vengono scelti principalmente atleti, soldati, esemplari fisicamente forti, persino prigionieri o prostitute. I fortunati vengono usati per la riproduzione e costretti ad accoppiarsi ripetutamente con altre "reclute". Altri sono usati per prove di fatica. Il più sfortunato per i test della soglia del dolore. Alcuni esemplari particolarmente attraenti vengono "sequestrati" dalla direzione e utilizzati per il piacere del personale.

Per il "reclutamento" vengono utilizzati soldati perfettamente creati, soldati infallibili che riescono a compiere i rapimenti con maestria. I soggetti sono scelti tra i vertici dell'organizzazione, di cui la donna misteriosa fa parte.

I direttori dei centri stanno invecchiando e stanno lottando per stare al passo con la tecnologia. È necessaria una ristrutturazione.

La direzione ha selezionato Sonia per due caratteristiche essenziali: la conoscenza biologico-genetica e la sua mancanza di umanità.

"Cara Sonia, so che ormai tutto ti sembra irreale. Sappi che se sei uno di noi dedicherai la tua vita a noi. Non avrai bisogno dello stipendio perché vivrai nella struttura. Ma la ricompensa migliore sarà, per te, un'area attrezzata per la tua esperimenti, con tante cavie umane e modificate al tuo comando. Ti conosco così, non vergognarti. Ti abbiamo spiato mentre giocavi ai tuoi "giochi" con gli animali. Vieni qui domani alla stessa ora, se sei uno di noi. Se non ti vediamo, vuol dire che non sei interessato e cancelleremo il tuo ricordo di questo incontro ... sì, certo che possiamo. Se verrai con noi sparirai e per i tuoi conoscenti non esisteresti più. L'ultima cosa: non vogliamo avere il mondo nelle nostre mani Vogliamo solo verificare che nessuno abbia il potere assoluto. Ciò richiede sacrifici,anche vite innocenti.

Arrivederci, o meglio a presto, Sonia.

Ah, sono membro 231, chiedi di me "

Sonia ha una notte insonne. Ha già deciso di accettare, ma vuole godersi il suo "non arrivederci" ai suoi genitori, ai suoi conoscenti, pensando a quanto poco gli importi di tutti loro; il suo unico rimpianto: riuscirà mai più a mettere le mani su Monica? Chissà?

In ogni caso, scomparirà senza rumore ...

Il giorno dopo arriva all'appuntamento con uno zaino pieno di quelle poche cose utili per una donna.

"Speravo di rivederti, Sonia. Se hai dei vestiti nello zaino ti dico che non sarà necessario, troverai tutto quello che ti serve nei nostri uffici"

"Va bene"

"Credimi, se ti comporti bene sarai ricompensato con l'interesse ..."

Sonia non capisce il significato della frase, ma sale senza esitazione su un elicottero.

La sede del centro di ricerca sembra essere in mezzo al mare.

Sonia quasi impazzisce quando l'elicottero scende in mare aperto.

All'improvviso, dopo una comunicazione radio del pilota, ai suoi occhi viene rivelata un'isola.

Sonia è senza parole.

"Dispositivi di occultamento, Sonia. L'isola può anche essere chiusa e sommersa per precauzione quando la rotta è attraversata da una nave, ma è successo una volta negli ultimi trentotto anni ..."

Un'isola dei sogni, grande come una metropoli.

Tanta vegetazione e spazi verdi.

Si può vedere un'imponente struttura verso la direzione dell'elicottero.

Mentre si ingrandisce, si possono vedere persone in uniforme blu puntare strane armi contro uomini e donne seminudi che corrono lungo una strada recintata a una velocità vertiginosa.

"Vedete, i blu sono umani geneticamente modificati; hanno già ricevuto l'approvazione categorica per obbedire incondizionatamente. In questo momento, le cavie stanno facendo un test di resistenza ai farmaci per vedere gli effetti a lungo termine della sostanza; qui, ci sono invece le residenze per l'amministrazione, di cui farete parte da oggi, ci sono solo sei persone a dirigere e dirigere il centro, le altre sono esseri umani modificati o cavie. Rivedo lo stato di avanzamento delle indagini e informo i miei superiori ".

Sonia incontra gli altri sei membri: George e Rachel, in via di pensionamento, responsabili rispettivamente della parte elettronica / informatica e biologica / genetica (di cui si prenderà cura Sonia). Gli altri membri si occupano della logistica, delle finanze e delle forniture.

"Sonia, lavorerai al fianco di Rachel per un mese, dopodiché lei si godrà la sua meritata pensione e tu ... la tua meritata missione."

Sorridi.

Hai già un po 'di pratica.

Il primo giorno dopo averla "assunta", Sonia familiarizza con le procedure e le attrezzature. Rachel le ricorda se stessa nel modo in cui gestisce i porcellini d'India, fredda con un ghigno diabolico.

Lo stupisce come tutte le sue diaboliche fantasie siano una semplice realtà in quel luogo.

Guarda affascinata come una donna di colore è incatenata a un meccanismo rotante, completamente nuda al sole.

Le corde vengono tirate in modo che la cavia sia in tensione. L'operazione è completata da esseri umani modificati; a questo punto Rachel interviene.

"Dopo l'operazione, poiché sarà ridotto allo stato semivegetativo, verrà utilizzato per altri test. È un peccato, vorrei averlo fatto senza il trattamento, ma è la procedura. Mi sarebbe piaciuto vedere come ha reagito in tutte le sue facoltà, ha un carattere ribelle, che mi piace tanto. Ma devi essere paziente.

Il mare è pieno di pesci ...

Era stato selezionato per il test che stiamo effettuando su questa cavia nera. Carla, è il suo nome, un'atleta cubana di 21 anni che corre 100m, 200m e pratica anche salto in lungo, un'atleta dalle grandi potenzialità, come si può vedere nel suo corpo. Anche se non ha ancora avuto la possibilità di essere famosa, a quanto pare "

Sonia osserva e ascolta con morbosa attenzione alla natura del test.

La cavia è stata immobilizzata al sole, legata a questo dispositivo che funge da "spiedo". La sua frequenza cardiaca è stata monitorata con elettrodi che Rachel aveva applicato a diverse aree e la sua temperatura con sonde posizionate nella sua vagina e nell'ano.

In questo modo puoi vedere come reagisce la cavia all'esposizione al sole.

Il test viene eseguito su uomini e donne di razze ed età diverse per ottenere dati statistici.

Rachel ammira il corpo di Nadia: alta, snella, muscolosa, senza un accenno di grasso e, nonostante tutto, con un seno abbastanza grande.

Le sue mani e i suoi piedi erano legati a forma di X; la tensione delle corde faceva risaltare i suoi muscoli.

Certo, i suoi lineamenti non erano carini, non molto femminili, e comunque, anche come fisica non poteva essere paragonata a Monica ... ahhh Monica, che ricordi, chissà dove si trova adesso?

Sonia smette di pensare a Monica e guarda Rachel che applica freddamente gli elettrodi e le sonde.

Stanno per partire, ma Sonia resta ancora qualche minuto ad osservare la femmina nuda e legata al sole, e il funzionamento del meccanismo che la fa girare lentamente.

Quando le prime gocce di sudore si formano, si passa un dito sotto le ascelle, come per solleticare Carla, che sbatte le palpebre, un'istintiva voglia di liberarsi. La cosa lo diverte, così ripete l'atto, toccandolo sotto i piedi, sull'addome, sul petto. È stato interessante come gli addominali risaltavano anche se era "tesa".

Rachel sorride.

"Vieni Sonia, dobbiamo finire i test di oggi, avrai tempo per divertirti dopo il lavoro"

Beh, ci avrebbe messo più tempo, non sarebbe stata così "di fretta".

In effetti, aveva notato che Rachel non passava molto tempo con le ragazze. Preferiva soffermarsi sui maschi, li toccava molto, senza alcuna vergogna, dopotutto erano cavie.

La giornata è proseguita con regolarità, Rachel le ha spiegato il lavoro sempre di più.

Di notte, le cavie vengono portate in celle separate e nutrite.

La direzione si ritira al residence, dotato di tutti i comfort.

La cena servita da umani modificati è deliziosa.

Sonia si inserisce facilmente nel gruppo.

Il membro 231 brinda al nuovo arrivato.

"Adesso è il momento di ritirarsi nei nostri annessi. Bene, tutti si divertono come preferiscono ..."

Una risata maliziosa, diretta a Sonia.

Rachel accompagna Sonia nelle stanze.

"Cosa significava quella risata del divertimento? Non capisco ..."

"Vieni, Sonia, ora te lo spiego."

La porta in un'ala privata della stanza di detenzione.

"Ecco le cavie che abbiamo scelto per il nostro 'intrattenimento'; ovviamente sono gli esemplari più attraenti. Possiamo fare quello che vogliamo con loro, fare sesso, torturarli o semplicemente tenerli incatenati nella stanza per ammirarli ".

Sonia osserva una ventina di cellule.

Il logista, un uomo sulla quarantina, grasso, calvo, va nella cella di una mulatta. Con un cenno a un maschio umano modificato entra nella cella, armato.

"Stanotte tocca a te, amico; spogliati completamente"

La cavia, con il terrore negli occhi, si spoglia nuda. È una giovane donna mulatta, con due bellissimi occhi verdi. Il suo fisico è imponente, alto quasi due metri, gambe affusolate e muscolose, seni sodi e naturali, un corpo favoloso.

Sonia si rivolge a Rachel.

"Chi?"

"Una ballerina di ventidue anni. L'abbiamo scelta perché viveva in un piccolo paese ed è stato molto facile prenderla in braccio; inoltre è bella e fisicamente dotata, ovviamente. Stasera tocca a lei sopportare Paul: è un sadico, gli piace usare la frusta. E 'molto brava a provocare dolore senza lasciare danni permanenti. In ogni caso le cavie che ha "usato" devono riposare qualche giorno prima di essere riutilizzate. Osserva ... "

Nella cella viene introdotto un dispositivo rettangolare che funziona con piccole ruote; la vittima era legata a forma di X dalle mani e dai piedi. Lei piange. Ovviamente sa cosa aspettarsi.

Paul entra, esamina lentamente la sua preda, la bacia, la tocca, la annusa.

"Un po 'di odore, cosa gli hai fatto fare oggi?"

"Dieci miglia di nuoto al mattino e cinquanta miglia di corsa nel pomeriggio."

"Giustamente"

Prende un idrante e lo dirige verso la cavia. Un getto d'acqua fredda la colpisce violentemente. Poi Paul la insapona a fondo, insistendo sui seni e sulle parti intime, mentre lei cerca invano di liberarsi, guardando l'omino con disprezzo e terrore.

Quando tutto è finito, la sciacqua e ordina agli umani modificati di portare il carro con la ballerina legata nella sua stanza.

Rachel si dirige verso l'ala maschile.

Si ferma davanti alla cella di un muscoloso ragazzo biondo. Si tratta di un "partner" svedese, che ha avuto la sfortuna di avere come cliente Rachel, la quale, trovandolo particolarmente attraente, ha convinto il membro 231 a "reclutarlo".

La procedura è simile, sebbene sia incatenato con le mutande ancora addosso.

Rachel invita Sonia a partecipare.

Il ragazzo è alto e muscoloso. Le due donne lo guardano come un animale. Quel giorno è stato sottoposto a un trattamento intensivo di elettrostimolazione in tutto il corpo.

Sonia si muove dietro di lui e gli fa scorrere le unghie affilate lungo la schiena, provocando esplosioni istintive nel ragazzo. Gli piace vedere i muscoli contrarsi con il suo tocco. Sta rivalutando la possibilità di torturare gli uomini, pur preferendo le donne.

Rachel si unisce a Sonia e con mani esperte iniziano a stuzzicarlo e mordicchiarlo da tutti i lati.

Il ragazzo è ancora sudato per la stanchezza pomeridiana, ma Rachel preferisce non lavarlo; gli piacciono quando sono un po 'sudati.

Quando le due donne si mettono davanti a lui e Rachel comincia a leccarlo sul petto, Sonia nota un inconfondibile rigonfiamento nelle mutande del ragazzo.

Rachel non è una bella donna, sulla cinquantina, ma il modo elegante in cui è vestita e le sue capacità manipolatrici eccitano lo stallone svedese. Sonia, presa come dall'estasi, eccitata, ma nello stesso tempo indignata, gli dà uno schiaffo violento e lo prende per i capelli.

"Come ti permetti, sporco animale, di avere un'erezione? Non ti sono state insegnate le buone maniere. È questo il modo di trattare una signora? Ora ti farò sculacciare finché l'impulso non svanisce ..."

Rachel la interrompe.

"Ehi, rilassati; questo è il MIO giocattolo, non dimenticarlo; ora lo porto in camera mia ..."

"Ma ... ma ... ok, scusa; è solo che ho avuto l'impressione che si stesse divertendo troppo e quindi ..."

"Guarda, Sonia, non tutti sono così sadici. Mi piace stuzzicarli, torturarli un po '. Spesso mi piace accenderli, masturbarli fino all'orgasmo e poi interrompermi subito prima. Dovresti vedere come pregano, penso che per loro sia un delle più grandi umiliazioni. Ma a volte le faccio venire. Con chi ne vale la pena ... beh qui ... ho anche dei rapporti. Ora non ti offendere, ma mi ritirerò nella mia stanza con lui. Puoi scegliere chi vuoi, qui le uniche regole obbligatorie sono: NON slegarli MAI, non danneggiarli in modo permanente, non ucciderli.

Ehi, porta lo svedese nella mia stanza.

Vieni Sonia voglio vedere cosa scegli "

Sonia percorre la navata vedendo molti esemplari maschi di varie razze, tutti molto alti e attraenti.

Ma il suo obiettivo è l'ala femminile.

"Hmm ... avrei dovuto capire che preferiva le donne," pensò Rachel sorridendo.

C'erano molte ragazze e molto attraenti; uno con i capelli e gli occhi scuri e il corpo di una modella gli ricorda vagamente Monica, sebbene fosse più vitale, più forte e più bella; una bellezza tristemente irraggiungibile, con grande dispiacere di Sonia.

Poi mi viene in mente qualcosa.

"Rachel, dov'è il nuotatore norvegese?"

"Be ', è in cura in questo momento, non puoi portarla nella stanza ..."

"No, qui ... vorrei solo vederla"

"Va bene"

Camminano per alcuni piani sottoterra e arrivano in una stanza controllata da una dozzina di guardie.

La porta si apre.

Il norvegese è immobilizzato in un letto a forma di X, con cinghie su caviglie, cosce, vita, collo, fronte, bicipiti e polsi.

Ha una tuta bianca. Vari fili escono dalla tuta in diverse parti del corpo.

"Guarda, questo trattamento ha lo scopo di farla soffrire a lungo, ma senza arrecare danni fisici; per questo vengono monitorati il battito cardiaco e la temperatura; se i valori diventano critici, la tortura elettrica si ferma lasciandola a telecamera che riprende tutto, parte del video verrà trasmesso alle cavie come avvertimento.

In questo momento, come vedo al computer, la cavia ha appena sopportato un ciclo continuo di 47 minuti, come si può vedere nei suoi respiri pesanti; tra mezz'ora dovrei ricominciare "

"Ecco ... Rachel, vorrei restare qui a guardarti per un po '; non farò niente, guarderò come il computer gestisce le scosse elettriche."

"Beh, Sonia, ognuno ha i suoi gusti, è un tuo diritto"

"Vorrei chiederti una cosa ..."

"Dimmi"

"Qui vorrei spogliarla ... posso?"

"Ah, avrei dovuto indovinare, quanto sciatto; diciamo solo che l'abito che indossa non ha una funzione specifica. Non si spoglia perché lo scopo di questo trattamento è punitivo, non per il nostro piacere. Ok, puoi agire come vuoi; umani modificati sono a tua disposizione, ricordati di far fare loro le operazioni di immobilizzazione, detto che puoi giocare con la cavia come pensi, il trattamento è automatico.Che dire, buonasera, ho uno svedese mezzo nudo ed eccitato che mi aspetta e stasera sento ispirato, mmm ... potrei farlo passare attraverso la macchina del solletico ... un giorno te lo mostrerò, Sonia. Ci vediamo domattina. "

Sonia non vede nemmeno Rachel uscire, sta fissando morbosamente il norvegese da qualche minuto.

Adesso è solo con lei; le guardie sono a vostra disposizione fuori dal cancello.

Vuoi goderti quei momenti lentamente.

"Non so nemmeno come ti chiami puttana; Rachel ha ragione a dispiacersi per te. Il tuo sguardo arrabbiato denota un carattere che non si arrende. E sicuramente sei abbastanza forte da rompere le manette d'acciaio, anche se sono difettose, e mettere fuori combattimento diversi umani modificati armati; anche se vestito come adesso, vedo che sei magro e forte; ma lo aggiusteremo immediatamente, comincerò a toglierti il top ... "

Il trattamento è iniziato meno di un giorno fa, quindi la ragazza è ancora a pieno regime.

Ha un viso allegro con lentiggini, occhi azzurri e un bel colore sulle guance.

Entrano quattro guardie e dicono a Sonia di allontanarsi, per sicurezza.

"Per ora togliti la parte superiore, grazie ..."

Le guardie, con le dovute precauzioni, aprono la cerniera della tuta e rimuovono la cinghia intorno alla vita, sollevando la tuta sopra il petto; la ragazza ha ancora una maglietta bianca; non importa, il piacere durerà. Si allacciano saldamente la cintura intorno alla vita.

Ora è il turno delle cinghie per bicipiti, che sollevano la tuta fino ai polsi, lasciando le braccia scoperte; Poiché i suoi bicipiti sono ora liberi, si torce pesantemente; Nonostante siano ancora completamente immobilizzate, le quattro guardie lottano per riattaccare le cinghie questa volta alla pelle nuda.

L'analoga operazione sui polsi viene eseguita, per sicurezza, separatamente tra il destro e il sinistro.

Sonia ora capisce perché le precauzioni non sono mai eccessive.

"Ci hanno lasciato ..."

Esamina di nuovo la cavia.

Nella tuta non poteva dire quanto fossero muscolose e toniche le sue braccia.

Niente a che vedere con Monica, ma si stava avvicinando; La particolarità di Monica era che era splendida in tutto. Questo era ancora bello, ma era leggermente sproporzionato rispetto ad altre parti del corpo, come l'addome, che, sebbene morbido e muscoloso, non era paragonabile alla massa delle braccia. Trovare un solo difetto con Monica è stato difficile, ma non impossibile.

La ragazza, di carnagione molto chiara, è bagnata di sudore, il suo petto si alza e si abbassa rapidamente in attesa di un trattamento immediato.

Una cinghia collegata a diverse vesciche era attaccata alla sua bocca, impedendogli di parlare; probabilmente era il mezzo per nutrirla, visto che il trattamento durava almeno una settimana. Elettrodi ai polsi.

Ci sono fili che escono dalla canotta sul petto; puoi vedere un nastro che avvolge il petto, coprendo i capezzoli.

Sonia inizia ad accarezzare la cavia sul viso, sul petto, sull'addome, sentendo la fermezza dei bicipiti. Decidi di toglierti la canotta mentre è legata. Lo tira fuori dai pantaloni della tuta, se lo infila con difficoltà sotto la cintura, esponendo i suoi meravigliosi seni pulsanti. Gli elettrodi sono stati posizionati sul torace sia per controllare il battito cardiaco che per indurre scosse elettriche.

Lo sente, suda.

"Hai un corpicino molto carino, sai, puttana?"

La lecca sull'ombelico.

"Sei salato ... mi piaci"

La cavia ha un impulso ribelle: non solo dovrà soffrire indicibilmente per una settimana, ma ora dovrà subire anche le depravazioni di quella lesbica?

Emette un grugnito misto di rabbia e frustrazione e strattona le cinghie.

Guarda Sonia con odio e sfida.

"Vedo che hai ancora molta forza. Guardie! I tuoi pantaloni; toglili completamente."

Le guardie ora sono sei, le operazioni vengono eseguite lentamente e con attenzione, utilizzando cinghie aggiuntive.

Operazione completata.

Sonia capisce il motivo delle sei guardie: le gambe hanno una massa muscolare impressionante.

Nella zona anale e vaginale sono presenti dei tubi inseriti e strategicamente fissati affinché la cavia possa svolgere le funzioni fisiologiche durante il trattamento.

Altri elettrodi applicati alle caviglie.

"Guardia, vedo che il letto ha un meccanismo, posso allargare le gambe?"

"Ovviamente"

La guardia agisce su ingranaggi che estendono le gambe del porcellino d'India quasi perpendicolarmente al busto.

L'elasticità della ragazza è impressionante.

Sonia, in piedi tra le gambe della cavia, le mani appoggiate delicatamente sulle cosce nude, fissa la sua preda. Si accarezza le gambe mentre si contraggono istintivamente nel tentativo di scappare e la guarda negli occhi.

"Stai ancora pensando di sfidarmi?"

Dice Sonia, chinandosi per baciarle l'ombelico e l'addome in vari punti.

Con agghiacciante lentezza lascia quella posizione tentatrice per spostarsi dietro di lei, mantenendo sempre un dito a contatto con il suo corpo e facendolo scorrere in modo sensuale.

La cavia è furiosa e cerca di dire qualcosa attraverso il bavaglio in una lingua sconosciuta a Sonia.

Ora Sonia è dietro di lei e, ponendo le mani sui bicipiti della cavia, inizia a baciarle sensualmente la fronte, le guance, il collo e le orecchie.

Allo stesso tempo, fa scivolare le mani sulle ascelle, sui seni, massaggiandoli avidamente e testandone la fermezza.

La cavia si lamenta in segno di protesta cercando di dire qualcosa.

Sonia torna al suo fianco e la guarda sorridendo.

"Ehi, cosa hai da dire? Non parlo la tua lingua. Sai una cosa? Di solito sono più sadico, meno dolce, ma ... il fatto che ti succhio, mi dispiace, ti rende istintivamente ribelle ai miei tocchi e questo mi rende piace così tanto ... "

e di nuovo passa le mani sull'addome e sul seno.

All'improvviso, il computer emette uno strano suono simile a un allarme.

Gli occhi della cavia sono ora pieni di terrore e vanno alla ricerca di Sonia per un disperato aiuto. Da questi dettagli, Sonia capisce che il trattamento sta ricominciando.

Inizialmente emette un grido di rara intensità, ma dopo un secondo si blocca in gola. L'intensità della tortura è tale che la cavia non può emettere un suono.

Sonia osserva l'animale con interesse. La tortura rimane costante per alcuni secondi in tutto il corpo, poi si alterna con intensità variabile, in alcune zone, per consentire un fisiologico tempo di recupero e non ridurre troppo la sensibilità al dolore.

Quando le gambe sono stimolate, Sonia riesce a malapena a sentire visivamente un tic, una contrazione permanente nel quadricipite della cavia; pertanto, viene riposto tra le gambe e mette le mani sulle cosce. Nel momento in cui inizia lo shock, senti la contrazione dei muscoli che li toccano molto di più, nonostante la posizione delle gambe e le cinghie strette.

Ora il download sta andando altrove.

Spinta da un istinto di "compassione", si avvicina al suo mons pubis con la bocca, tenendo le mani sulle cosce e accarezzandole.

La sua lingua scorre dove può, tra le sonde e gli elettrodi, stimolando quella parte sensibile. Grida di protesta della vittima.

Ora guarda la parte superiore del corpo. Quando viene colpito dallo shock, contrae contemporaneamente pettorali, bicipiti e addominali in modo innaturale. Sonia può vedere la bellezza dei suoi muscoli, luccicanti per il sudore della cavia.

Per venticinque minuti si diverte a guardare la sofferenza della ragazza e ad ammirare il suo corpo atletico allo stesso tempo.

Di tanto in tanto fa scorrere le sue mani avide sulla sua pelle per accarezzarla sadicamente, a volte pizzicandola, a volte sentendola sensualmente.

Quando il torace è "a riposo" le contrazioni diminuiscono, ma immediatamente il torace inizia a sollevarsi e abbassarsi di nuovo convulsamente. Tra quei momenti Sonia continua ad assaporare il corpo della vittima leccando e annusando.

Infine, a cavalcioni sulla sua coscia, mentre una scossa le colpisce il petto, si lecca l'ombelico e la morde, trovando in quell'atto un piacere che non provava da molto tempo, proprio da quando aveva visto Monica, sul palo, in la palestra.

Quando il trattamento si interrompe, Sonia si ricompone, passa una mano sull'addome e sul seno della ragazza, notando che i suoi occhi sono ora inespressivi, sebbene conservino quel tocco di rabbia e frustrazione che a Sonia piace tanto. Chiaramente, il trattamento sta iniziando a funzionare.

"Mi è piaciuto averti a modo mio, puttana. Penso che tornerò a trovarti di nuovo in questi giorni."

Un bacio sulle guance.

"Guardie, vestitela bene."

Un vecchio amico

È ora che Rachel saluti.

Sonia è un po 'dispiaciuta, si stava affezionando, ma Rachel la rassicura.

"Non preoccuparti, ogni tanto verrò a trovarti per divertirmi; ho gli occhi puntati su un ragazzo cubano, un carceriere che non è affatto male, tutto naturale ..."

Ora Sonia è al comando.

Il membro 231 si presenta al suo ufficio come ordinato.

Si congratula con lei, spiega come il suo inserimento sia stato più che soddisfacente.

Parlando della situazione sull'isola, si scopre che George si sta ritirando, ma sta lottando per trovare un degno sostituto.

La mente di Sonia approfondisce i suoi ricordi e subito viene in mente qualcuno ...

"Membro 231 ... qui, vorrei suggerire il nome di una persona ..."

Robert, dopo una profonda delusione con Monica, cade in uno stato di profonda depressione.

La sfortuna del lago è nota praticamente a tutti. Quello con la cascata un po 'meno.

Le aziende che ti hanno contattato smettono di cercarti. I genitori lo fanno pressione ignorando i suoi sentimenti.

Sentimenti per Monica che a poco a poco cedono il passo all'odio.

Robert coltiva un profondo odio per chiunque lo abbia rifiutato.

Inoltre quel calcio nella zona genitale, prima poco vigoroso e un po '"inutile", ora lo rendeva quasi incapace di fare sesso. Pertanto, non potendo avere rapporti sessuali normali a causa dell'insicurezza, concentra la sua sessualità sul sadismo.

Internet ti favorisce molto in questo. In ogni caso, di solito paga le prostitute che si lasciano legare per soddisfare i suoi istinti. Dominando e legando le sue vittime, ottiene il piacere.

Quello che è successo a Sonia è ora visto con invidia e disgusto.

Fondamentalmente si rende conto che l'unico modo per LUI di avere una donna è farlo contro la sua volontà. E poiché non è molto dotato fisicamente ... l'unico modo, sai cos'è, il cerchio si restringe.

È ancora un genio inespresso, ma con alcune lamentele di alcune prostitute che non sono molto accomodanti quando si tratta di fantasie BDSM, rendono il suo curriculum non il migliore.

E deve trovare lavoro.

Si reca all'ennesimo colloquio quasi con dimissioni.

La cinquantenne ti dà il benvenuto nel suo studio.

"Robert, eccoti qui, finalmente. Dobbiamo migliorare la nostra divisione reclutamento, e se è vero che stavamo per perdere un elemento come te ... non è stato grazie a ... TU."

Sonia si rivela.

È cambiato.

Oltre ad essere cresciuta, sembra anche più rilassata e felice della Sonia che aveva incontrato.

Si stringono la mano.

"Robert, sei cresciuto, ma non sei cambiato molto ..."

Sonia racconta all'amica tutte le sue vicissitudini, dagli episodi con Monica, al reclutamento, al gruppo, al suo lavoro, a come riesce a provare piacere e soddisfazione ora.

Robert è incredulo, ma decide di accettare.

Sarà responsabile dell'informatica, dei sensori e dell'elettronica del Centro.

Il giorno dell'insediamento, il suo stupore nel vedere l'isola è grande, Sonia sorride pensando a quando aveva provato le stesse cose.

Tutti gli allarmi, i controlli, la videosorveglianza, i test dei macchinari vengono spiegati a Robert.

Le sue capacità informatiche, insieme alla sua conoscenza della meccanica, stimolano in lui varie idee, che presto metterà in pratica.

George è un insegnante paziente e metodico.

Dopo un'introduzione generale, Robert visita l'area "formazione", in particolare la piscina.

La piscina è visibilmente più lunga di una normale piscina olimpionica, più profonda e con un bordo alto tre metri, che rende impossibile la fuga delle cavie.

Robert osserva affascinato il procedimento: le cavie in costume da bagno si avvicinano alla piscina, con le mani legate dietro la schiena e le caviglie collegate da una catena lunga quattro pollici (per dare una minima possibilità di movimento). Gli elettrodi vengono posizionati sul petto (per le donne sotto un costume da bagno intero) e legati intorno al petto. Un monitor tiene traccia del tuo polso. Vengono appesi a testa in giù con un verricello, le mani e poi i piedi vengono rilasciati, facendoli entrare in acqua. Oggi sono sottoposti a un test di resistenza a lunga distanza.

"Ma come possiamo essere sicuri che facciano del loro meglio?"

"Oh, vedi, Robert - interviene Sonia, che attualmente è sui monitor - è semplice: quest'ultimo viene sottoposto a un test di resistenza al dolore doloroso (ma fondamentalmente innocuo); il primo viene lasciato 'a riposo' per qualche giorno ... certo non vogliamo che le stesse persone soffrano, quindi di solito diamo ai più deboli un vantaggio cronometrico sulla base degli ultimi test ... diciamo solo che è molto a nostra discrezione; l'importante è che queste stupide bestie non se ne rendono conto e spingono sempre al massimo "

Robert è sorpreso dalla fiducia che Sonia ha rispetto a qualche anno fa; ora è responsabile della divisione genetica; ma certamente sembra aver mantenuto quella freddezza che l'ha sempre caratterizzata.

Gli uomini iniziano la loro prova che iniziano separatamente, in modo che i dati cronometrici possano essere "fissati" senza difficoltà.

Adesso è il turno delle donne.

Robert nota subito le preferenze dei suoi colleghi; Tra le donne, Sonia è l'unica con una predilezione per le cavie e sembra non se ne vergogni. Tra gli uomini, solo un certo Paul, un ometto goffo, sembra divertirsi allo stesso modo con entrambi i sessi. Lo sente parlare a Sonia dicendo "stasera non mi dispiacerebbe portare il cubano e la ballerina nella mia stanza e sculacciarli insieme; ah, per la prova vorrei avere il cubano, ha cercato di ribellarsi quando l'ho toccato ... capisci? "

Sonia annuisce disinteressata.

Robert è folgorato da un nuotatore: capelli castani, occhi castani, fisico imponente ma snello.

"Chi è, George?"

"Ah, Gabriela! È un'atleta italiana completa (nuoto, corsa, lancio del peso) arrivata due settimane fa. Faremo diversi test fisici, per vedere dove sta meglio, anche se vista la sua bellezza potrebbe anche essere inclusa tra l'"'intrattenimento", chissà "

Robert osserva come gli umani modificati lo posizionano per portarlo in acqua con il meccanismo. Impiccandosi, accenna a una mossa istintiva per alzarsi e contrarre i suoi magnifici addominali. Una volta in acqua, alla partenza, parte con velocità e potenza impressionanti; la sua muscolatura quasi corrisponde a quella di Monica, anche se rimane un gradino sotto.

"George ... credo ... ho una richiesta ..."

"Ah, lo sapevo! Ha attirato subito la tua attenzione, vero? Beh, non è ancora annoverato tra i 'divertimenti', ma visto che sei nuovo faremo un'eccezione, chiederò a Sonia di farla vincere, per farla riposare domani di notte e inoltrare la richiesta speciale al Membro 231. "

La giornata passa senza intoppi.

La prima cena sull'isola è positiva anche per Robert, aiutato molto da Sonia, che lo fa sentire molto a suo agio.

Quando si tratta di scegliere le "vittime" per la notte, Robert ha già una richiesta particolare.

"Ebbene Giorgio, Socio 231, tutte queste cavie sono molto belle e le apprezzerò sicuramente. Ma vorrei passare la mia prima notte con Gabriela, l'atleta italiana, ma visto che sarà disponibile solo per domani, oggi mi piacerebbe visitarla. 'a ciascuno di voi, così, solo per capire i vostri gusti e come funziona l' "intrattenimento", sempre se questo è permesso ... e anche con voi, Membro 231, mi interesserebbe vedere cosa vi piace "

I colleghi accettano volentieri.

Il primo che vede è il suo tutore, George.

Una giovane e tettona bionda (una prostituta tedesca) è legata al suo letto seminuda, George porta vicino al letto un carretto con ghiaccio, cibo di vario genere, vino. Ovviamente gli piace avere rapporti tradizionali, con alcune varianti legate al cibo e, ovviamente, le dovute precauzioni che richiedono l'immobilizzazione delle cavie.

La sua amica Sonia ha un velocista nero nella sua stanza. È nuda, legata in una X verticalmente e leggermente sollevata da terra. Sonia sta applicando elettrodi su tutto il corpo.

"Ti ricorda qualcosa, Sonia?"

Silenzio tra i due.

Sonia accenna a un sorriso. Entrambi sono uniti da un folle desiderio per una certa persona. La nostalgia di Monica li rende quasi malinconici.

Robert decide di lasciarla lì e andare altrove, per dissipare il ricordo del vecchio compagno di scuola.

Samantha e Julia, due donne sulla quarantina, non belle, ma sicuramente premurose, incaricate di nutrire e monitorare la salute delle cavie, sono nella stessa stanza con un muscoloso, nudo, fermamente legato a una specie di tavolo ginecologico. Un divaricatore mantiene la bocca aperta. Cinghie spesse su polsi, bicipiti, collo, addome, cosce e caviglie ti immobilizzano saldamente a letto con le gambe divaricate.

Mentre Samantha brancola l'uomo che si accende lentamente, Julia spiega a Robert:

"Ci divertiamo così, lo eccitiamo in ogni modo possibile, lo prendiamo in giro, giochiamo con lui, per tenerlo sull'orlo dell'orgasmo. Quando è sull'orlo della disperazione ... beh, dipende da quanto è bravo a chiedere l'elemosina"

Detto questo, si unisce al suo collega e inizia pazientemente a lavorare sul corpo della vittima. Julia sembra avere più esperienza, poiché l'uomo ha subito un'erezione notevole con il suo tocco.

Samantha sembra un po 'risentita e lo schiaffeggia.

"Quindi la preferisci? Dannato cane!"

E lei gli morde violentemente l'orecchio, mentre Julia continua sensualmente il suo lavoro.

Robert va dal sadico Paul.

Una donna e un uomo, entrambi neri, sono legati l'uno di fronte all'altro, in mutande. Evidenti segni di sculacciata nel corpo di entrambi, più nella donna.

Robert dice ciao, non ha una simpatia speciale per l'uomo.

Il membro 231.

Robert bussa alla porta.

"Avanti"

Un uomo e una donna seminudi vengono imbavagliati e immobilizzati su uno strano aggeggio, con spazzole rotanti, penne, stuzzicadenti.

"Macchina del solletico, Robert. Ho selezionato gli oggetti più sensibili, non i più attraenti, come puoi vedere. Guarda."

La donna preme un pulsante. I pennelli e le piume iniziano a danzare sulle parti più sensibili dei due poveri; ascelle, fianchi, piedi, collo sono le zone più sollecitate.

La donna, soprattutto, si contorce come una furia, urla convulsamente.

Robert è affascinato da tutto questo.

Tuttavia, si ritira nella sua stanza. La sua preferenza per Gabriela il giorno dopo è in realtà una scusa per ritirarsi nella sua stanza e accendere il suo vecchio pc: la nostalgia lo cattura, le foto della sua amata Monica, ormai giovane e promettente atleta, sono da lui meticolosamente e ossessivamente conservate ; dalle pose fotografiche più banali ai fermi immagine catturati durante le sue performance.

Non può dimenticarla.

Stai per trovare un altro video o articolo quando senti bussare alla tua porta.

"Sonia, vieni, entra"

"Ciao Robert, come stai?"

"Be ', non ti ringrazierò mai abbastanza per avermi fatto arrivare così lontano. Non potrò mai ripagarti."

"Beh, dovresti sapere che è un piacere per me avere qui una persona che conosco dai tempi del liceo"

Parlano come due vecchi amici, parlano di questo e di quello, Sonia parla del suo lavoro sadico come niente.

Ad un certo punto Sonia preme:

"Continui a pensare ... a lei. Giusto?"

In risposta, Robert mostra a Sonia le foto sul suo PC. Sonia è stupita nel vedere il numero di foto della vittima dei suoi sogni, suddivise in cartelle e sottocartelle: video, interviste, articoli, foto, esibizioni sportive.

Il solo pensiero a quello che poteva farle sull'isola la fa volare con la sua immaginazione come mai prima d'ora. Una foto in cui Monica è alle prese con il salto con l'asta cattura la sua attenzione: l'atleta è appena uscita dal palo, il viso concentrato nello sforzo, i muscoli snelli tesi e sinuosi allo stesso tempo, la frenetica parte alta si alza. Scopri l'addome e tutti i muscoli addominali scolpiti.

Sonia vola e sogna Monica sull'isola come una cavia, ma un pensiero la prende:

"Robert ... tu ... la ami vero? Voglio dire in modo tradizionale, non le faresti mai del male, la vorresti per te, se fosse una cavia qui la vorresti liberarla per dimostrarle il tuo amore ... verità? "

"Sonia ... non sai quanto sono cambiata. Crescendo e scontrandoti con la realtà, con il tuo aspetto fisico, arrivi a capire che non puoi mai avere una creatura così, come ha potuto innamorarsi di me? Guarda, il mio desiderio per lei no cambiato, infatti, più forte di prima, ma c'è una differenza.

Forse non sai che il calcio che mi ha dato quel giorno mi ha causato parecchi problemi sessuali; Non sono affatto impotente, ma faccio fatica ad avere ... qui sai una cosa; invece l'idea di avere una donna in mio potere mi eccita molto. Monica allora ... non parliamone.

Voglio umiliarla, come ha fatto con me. Voglio che soffra. Voglio che si rammarichi di avermi umiliato. Voglio strapparla dal mondo che conosce e averla qui per torturarla lentamente, senza danneggiarla troppo. Voglio che diventi una schiava, un oggetto nelle mie mani. Ma lei deve soffrire, ribellarsi, voglio sentirla urlare di rabbia "

Gli occhi di Robert si illuminano e incontrano quelli di Sonia.

La magia della situazione, l'incontro tra i due, i sentimenti rivelati abbattono le barriere tra i due. Quasi estasiati, i due si abbracciano, poi, tenendosi per mano e guardando la foto di Monica, iniziano ad accarezzarsi.

Adesso sono complici.

Non sono attratti l'uno dall'altro. Ma il suo desiderio va nella stessa direzione.

"Robert, se sapessi quante volte ho parlato con il membro 231 ... il fatto è che è famosa, sai? Troppi occhi su di lei. Troppe persone sulle sue tracce. Ci vorrebbe un miracolo, non lo so, per farla arrestare, o ... bah. Il punto è che non voglio illudermi. E comunque qui abbiamo qualcosa che ci consola, non credi? "

Robert annuisce, non molto convinto.

Piacevole passatempo

Robert è nella sua stanza e guarda le notizie in televisione.

Quanto tempo ci vuole? Dovrebbero essere qui per qualche minuto - pensa.

Bussano alla porta.

"Ah, finalmente"

Gli umani modificati entrano nella stanza con un carrello.

Gabriela è tradizionalmente legata a X, bendata e con un divaricatore in bocca.

Come ha ordinato Robert, è vestita con mutandine bianche e canotta.

Sono lasciati soli.

Mentre il porcellino d'India inizia a tirare i guinzagli, chiedendosi perché l'attesa infinita, Robert, con sadica pazienza, si gira e osserva da vicino la sua preda.

È la prima volta che scopri che i tuoi sogni diventano realtà.

La cavia è un magnifico esemplare. Ora che è legata, ogni centimetro del suo favoloso corpo può essere osservato da vicino.

Con un dito e dolcemente, Robert comincia a stuzzicarla e pizzicarla qua e là; è bello vederla tremare, i suoi muscoli si fanno più prominenti; Puoi testarne la consistenza pizzicando e rosicchiando l'area pettorale e bicipite.

Butt è un inno alla perfezione, sinuoso e tonico.

Robert gioca con l'elastico delle mutandine testando la compattezza dei glutei.

Aveva già legato delle prostitute, ma tutte acconsentirono comunque; e comunque si sono lasciati legare in modo molto falso.

Adesso era tutto diverso.

Inoltre, non aveva ancora visto un corpo simile; Certo, il corpo di Monica era irraggiungibile, ma questo "sostituto" era comunque notevole. Inoltre, non aveva mai avuto il tempo di esaminare da vicino il corpo di Monica, tranne in quelle brevi occasioni in cui lei lo avrebbe colpito.

Adesso Gabriela era lì, legata e alla sua mercé. Volevo godermi quel momento.

Clack ... clack ... Robert aveva deciso di stressarla di più, per ridurre la sua libertà di movimento; Braccia e gambe ben tese, anche se non al limite.

Rass ... con le forbici tagliate le cinghie della canotta, in alto.

Un magnifico petto, con le costole scoperte (vista la posizione), ma con un seno bello e sodo.

Il divaricatore è fissato a una barra nella parte superiore per tenerlo con il bordo in alto.

Tanta forza e potenza nelle sue mani.

Con uno stuzzicadenti le punge le cosce, l'addome, le ascelle.

I suoi riflessi involontari sono ciò che lo soddisfa di più.

Nel tempo, ha scoperto di amare sempre meno il sesso tradizionale. I vani tentativi di ribellione della vittima lo eccitano violentemente.

Fuori con le mutandine.

Robert si sposta pazientemente nella sua zona genitale e inizia, con una pinzetta, a tirarsi fastidiosamente i capelli ... tac; ecco un pelo pubico che scompare, con conseguente gemito della vittima.

Gli piace alternare esplosioni rapide e decise a esplosioni prolungate e dolorose per la vittima, che inizia a sudare.

Il sudore fa risplendere il corpo di Gabriela in modo visivamente piacevole.

Robert lo annusa e lo lecca dappertutto, poi torna alla dolorosa ceretta.

Stasera Robert capisce che tutte le sue passate sofferenze saranno in parte giustificate dalle soddisfazioni che trarrà da quel momento. Gabriela è la prima vittima dell'umiliazione e del dolore fisico che il sadico e paziente Robert può causare.

Usando la sfortunata come una cavia, Robert sperimenta l'elettrostimolazione su di lei, raggiungendo limiti che non avrebbe mai pensato di raggiungere in un essere umano.

Si sente come un Dio, avendo il pieno controllo sulla bellissima atleta.

Il piacere ottenuto dopo due ore di torture alternate a piccoli giochi è molto appagante per Robert, che si addormenta per diverse ore.

Al risveglio, vedi la tua cavia esausta dalla posizione in cui è stata legata tutta la notte, ma risponde ancora al tuo tocco.

Rilascia la catena attaccata al divaricatore così posso vedere il tuo viso. La bacia con entusiasmo, con un movimento di repulsione da parte della vittima, e poi la schiaffeggia con rabbia, sfogando tutta la sua frustrazione per la sua delusione con Monica.

Se solo fosse qui al posto della povera Gabriela ... un pizzico di nostalgia si impadronisce del ragazzo.

Nei mesi successivi, Robert ha lavorato duramente per mantenere efficienti tutti i sistemi di sorveglianza e tutti i dispositivi elettrici e meccanici utilizzati sia per gli esperimenti che per le "sessioni". Grazie alla sua immaginazione e al suo genio, è in grado di sviluppare un sistema molto più sicuro ed efficiente rispetto al suo ormai vecchio predecessore.

La sintonia con Sonia e la passione comune, rafforzata dai loro gusti molto simili, permette loro di raggiungere ottimi risultati nella ricerca, ben oltre le previsioni di Member 231.

Dopo cena si trovano spesso a giocare con le cavie, torturandole, violentandole e persino umiliandole.

Altre sere, invece, si ritrovano ad ammirare con nostalgia le foto della loro amata Monica G.

Una tortura che non sono in grado di eseguire, nonostante gli innumerevoli diversivi che la situazione offre.

Il Natale dell'anno 2018 si avvicina, quando il Membro 231, alla vigilia di Natale, li chiama entrambi per un incontro.

"Siediti, miei cari. Non avete idea di quanto siamo arrivati lontano, grazie soprattutto a voi, negli ultimi mesi. Soprattutto sui nuovi prototipi di umani modificati e la capacità di controllarli telepaticamente tramite altri umani modificati. Era qualcosa che nessuno avrebbe pensato. Nemmeno io ho cercato di immaginare. Per non parlare delle strutture modernizzate grazie al genio del nostro Robert "

Robert e Sonia si guardano, un po 'arrossati, ma consapevoli che i complimenti sono meritati.

"C'è qualcosa, però, che li rende un po 'tristi, lo sanno tutti, anche se non ne parlano mai"

I due non sanno come rispondere alla donna.

"Beh, normalmente non prendo il lavoro sul personale per questo genere di cose, ma ho fatto un'eccezione per loro dato che si sono uniti e hanno dato così tanto al gruppo".

Sembrano un po 'sorpresi, chiedendosi il significato delle parole della donna.

"Beh ... ad essere sincero non so se avrei potuto farlo, se gli eventi non mi avessero aiutato ... tra l'altro è buffo che domani sia Natale; beh, non vedo l'ora che domani ti sorprenda con un regalo ... "

Sonia interrompe ...

"E quel taglio, membro 231?"

Natale 2018 - il Natale più bello

Monica G., alias Fantastic Girl, si sveglia sdraiata sul pavimento di una strana cella quasi futuristica; Gli sembra di essere in un film di fantascienza, le pareti bianche, la luce fioca, un vetro attraverso il quale non si vede nulla.

Si alza un po 'stordita. Nel momento in cui si rende conto di avere il suo travestimento grigio ma non più la maschera, si ricorda tutto: la notte, il combattimento, la sua vittoria, il dardo ... e poi ancora la polizia, gli estranei che irrompono. , quindi niente.

Dov'è? È intrappolata in una cella, ma dove?

Non sapendo cosa fare, comincia a calciare e spingere contro il vetro, ma senza altro effetto che ferirsi alla spalla; e dire che, grazie alla sua forza, aveva sfondato diverse porte in questo modo, e non in modo subdolo.

Una luce dall'altra parte del vetro.

Una dozzina di uomini in tuta blu entrano nella stanza dall'altra parte del vetro, lo stesso tipo di uniforme che hai visto prima. Sono tutti armati, due portano un'auto con degli strani aggeggi, Monica riesce a riconoscere solo delle strane cinghie che apparentemente servono a immobilizzare.

Finalmente una donna ... aspetta, lui la riconosce, è la stessa della stazione di polizia dei tempi di Sonia, e la stessa che le ha fatto la fatidica domanda "Sei una Fantastic Girl?"

"Che succede qui? Dov'è la polizia? Chi sei, cosa vuoi da me? Non ho ucciso nessuno, nemmeno rubato, questo è illegale ..."

"Ma quante parole, mia cara Monica, o Fantastic Girl cosa vuoi. Senti, ti racconto tutto più tardi e con molta calma ... uh, uh, non mi crederai, ma abbiamo molto tempo a disposizione ..."

"Tempo? Non ho tempo per nessuno, adesso voglio fare una telefonata, ho diritto ..."

"Ssshhh, vedi, mia cara ginnasta - eroina, la prima cosa da capire è che d'ora in poi non avrai più diritti, che ti piaccia o no. Ora per favore inizia a toglierti quello stupido travestimento ..."

"Ascoltami bene, fottuta puttana, non so chi sei, ma sono ben noto, mi cercheranno, non prendo ordini da nessuno ..."

"Eeeehhh, sapevo già che sarebbe finita così, signori, attivate il 'riscaldamento' ..."

Un uomo vestito di blu fa scattare un interruttore.

Le luci si spengono, Monica non vede più niente fuori dal vetro, mentre il prigioniero è ben visibile dall'esterno.

In pochi secondi l'aria diventa più pesante, calda e irrespirabile.

Monica inizia a chiedersi come sia potuto accadere, dove diavolo è lei. Il caldo diventa insopportabile, l'umidità è altissima.

Monica è molto preparata fisicamente, ma dopo pochi minuti inizia ad avere problemi respiratori. Ma non vuole soddisfare la donna.

All'improvviso, la cella viene divisa in due parti da barre di metallo.

La zona in cui ti trovi rimane la stessa; nell'altra zona, Monica vede una specie di bocchetta che esce dal soffitto. Ad un certo punto inizia a fuoriuscire acqua dalla lancia.

Monica inizia a capire.

Con tutte le sue forze cerca di piegare le sbarre per passare in qualche modo, ma oltre ad essere stordita dal narcotico, è anche esausta per il caldo improvviso.

"Vedi, mio caro amico ginnico, a questo punto dovresti aver capito che se vuoi arrivare dall'altra parte, devi toglierti quello stupido costume, vedi le sbarre saranno ancora lì finché non lo togli. un dardo tranquillante in qualsiasi momento e fai quello che vogliamo, se ti dimostrerai stupidamente stupido. Ehi dai, adesso la temperatura è sopra i quaranta gradi, l'acqua è abbastanza fredda, non vuoi rinfrescarti? "

L'istinto di sopravvivenza di Monica prevale sull'orgoglio.

Non senza qualche difficoltà, vista l'umidità, la stanchezza e il sudore, riesce a spogliarsi completamente ea gettare a terra il suo "stupido travestimento".

Non accade nulla.

"Ehi, mi sono spogliata, cos'altro vuoi che faccia? Dannazione!" Monica urla con un pizzico di frustrazione nella sua voce.

Dopo un'attesa sadica, la donna risponde.

"Metti lo stupido travestimento in questo slot"

Da sotto il vetro esce un contenitore. Monica indossa il costume.

Il membro 231 annusa il sudore della cavia in costume.

In risposta, un uomo preme un interruttore, le sbarre si alzano, Monica si lancia nella doccia e lascia che l'acqua scivoli su tutto il corpo, ignorando gli occhi indiscreti dei suoi rapitori.

Si riaccendono le luci.

La donna applaude.

"Ben fatto, vedi che non sei così stupido come potrebbe suggerire il tuo aspetto?"

La donna inizia a vedere la sua preda sotto una luce diversa; pensa a se stessa.

"Dannazione, che fisico. Adesso capisco l'ossessione di Robert e Sonia per quella donna. Non credo di aver mai visto una cavia così ben fatta tra tutti gli atleti con cui ho sperimentato in più di vent'anni, anche se mi piacciono gli uomini. "Una donna del genere può trasformare chiunque in una lesbica. Quasi quasi ... potrei farla immobilizzare subito, ma vediamo come inizia il litigio; non lo faccio da anni, ma ti faccio credere che puoi scappare ..." sebbene gli esseri umani modificati si lamentino se uno dei loro compagni è ferito "

"Ora mia bella Monica, i miei uomini entreranno e vi immobilizzeranno, intanto ho altro da fare, per favore, comportatevi bene se non volete essere ... puniti; signori, è tutto vostro, LASCIO LE CHIAVI DEL PALAZZO NELLE MANI DEL CAPITANO Portala in ufficio piuttosto legata tra quindici minuti ".

Il membro 231 fa entrare gli altri dieci umani modificati, armati solo di manganelli, catene e manette, uno in abito rosso, diverso dagli altri.

Monica è nuda, bagnata ed esausta per il caldo, ma la sua abitudine combattiva le ha insegnato a valutare ogni situazione.

Conta dieci, di cui il rosso deve essere necessariamente il capitano. Non sembrano portare armi diverse dai manganelli. E da quello che capisce, la vogliono viva. Questo è un enorme vantaggio per qualcuno come lei. Di fronte alla situazione assurda, decide di fare almeno un tentativo disperato.

Due di loro le vengono dietro con manette e cravatte, altri due davanti a lei; gli altri aspettano con i manganelli pronti a intervenire.

Quando le prendono le braccia da dietro, lei le tiene strette e le lancia contro i due davanti, gettandole a terra; i due da lei afferrati vengono neutralizzati colpendo violentemente entrambe le teste l'una contro l'altra.

Ora cinque uomini armati di manganelli si stanno avvicinando da tutti i lati contemporaneamente. Con un balzo potente, veloce, istintivo, si lancia contro uno, lo disarma e si guadagna una mazza.

Gli altri le saltano addosso e due riescono a colpirla violentemente alle ginocchia, facendola cadere. Gli altri due ne approfittano e la colpiscono ancora all'addome, ma lei, quasi non avesse notato i colpi, li circonda con una capriola.

Il membro 231 guarda la scena da una telecamera nascosta. Aveva inviato dieci umani modificati addestrati al combattimento armati di manganelli. Li ha combattuti con una facilità impressionante. I suoi salti e calci erano incredibili. Tre di loro sono rimasti. Monica aveva lasciato cadere il testimone, le sue braccia ancora più letali. Con le sue gambe di marmo stringeva una vittima fino a farla svenire, mentre con entrambe le mani teneva il resto a terra. Si rivolge all'unico sopravvissuto, il "capitano".

Da quello che poteva vedere, probabilmente meno della metà erano ancora vivi. Un'arma mortale, un feroce combattente.

Il poveretto le porge le chiavi tremando, poi lei lo colpisce con il pugno come se fosse di carta.

"Eccezionale. Prendine altri venti in ..."

Il membro 231 lascia il monitor per spegnersi.

Il gruppo di umani modificati, oltre ad essere ventenne, dispone di una rete che ne facilita il lavoro.

Dopo averla catturata con la rete come un animale, riescono ad ammanettarla alla schiena e alle caviglie e le mettono una specie di collare.

Lo tolgono dalla rete.

"Consultare"

Monica si trova di fronte al membro 231, circa otto pollici più alta di lei.

Da vicino può apprezzare il suo corpo, ancora ansimante per la feroce lotta che è ancora in corso.

Un umano modificato la tiene legata, altri due le tengono le braccia, già ammanettate, con due catene alle caviglie, anch'esse legate.

Nudo e bagnato.

Ciò che colpisce è la femminilità incontenibile, la bellezza unita alla forza, un esemplare più unico che raro.

Quei seni pulsanti erano così attraenti.

"Sai tesoro, sono decisamente etero, vado matto per gli uomini. Ma tu ... ecco qualcosa di unico, addominali scolpiti ... che braccia e spalle ... e le tue gambe, che perfezione ... sei sudato. .. caldo "

L'atleta dai capelli scuri risale a quando fu legata e torturata da Sonia.

Adesso era in una situazione molto peggiore, e non solo perché non vedeva una via d'uscita.

Legato Nudo Quella donna ha gli occhi su di lei.

Il suo cuore inizia a battere forte nel petto quando la donna inizia ad accarezzargli il seno, l'addome, le natiche.

In un ultimo disperato sforzo riesce a trovare la forza di calciare con entrambi i piedi legati al viso della donna, ora a terra con un labbro sanguinante.

"Accidenti alla mia stupidità ... non avvicinarti mai di persona a una cavia. Mettila sul letto, usa il doppio guinzaglio!"

Gli umani modificati, nonostante la superiorità numerica, le manette, i guinzagli e le catene già attaccate a Monica, lottano molto prima di legarla completamente alla branda, bendarla e imbavagliarla con un divaricatore.

"Adesso è sicuro, signora"

"Bene. Stai lontano"

Si avvicina al letto con la donna legata come un salame.

Il numero di cinturini limita un po 'la percentuale di pelle nuda che si può ammirare, ma è comunque un bel vedere, ea quel punto è meglio essere al sicuro.

"Vedi, puttana, nessuno mi ha mai preso a calci. Ora, sono una donna leale e non ti farò niente, perché devo lasciarti intatta per ... due persone che conosci bene, sei un premio per loro, sai?" E mi sto trattenendo Verrà il momento, freddamente, in cui te lo farò pagare. Come ti ho già detto, il tempo non manca affatto "

Detto questo, le prende il capezzolo destro e lo stringe forte.

Monica si contorce più per l'umiliazione che per il dolore.

"Mi piace il rumore di un corpo nudo sulle cinghie. Portalo in ufficio. Legalo al carrello dei 'dolci', lo aggiusterò io."

Monica non vede niente a causa della benda sugli occhi, sente solo che la stanno portando altrove.

Una porta si chiude. Le mani esperte di diverse persone ti applicano rapidamente nuove cinghie prima di rimuovere quelle vecchie. Con esperienza e pazienza maniacale, è immobilizzata per stare in piedi.

Acqua fredda su tutto il corpo.

Sapone.

Le mani di più persone, ma affrettate, non sentono alcun desiderio. Sembra un oggetto.

Lo sciacquano.

Con la stessa procedura ora la immobilizzano in macchina, sempre tenuta.

Si allunga fino a verificare che non ci sia possibilità di movimento.

Come se non bastasse, applicano delle cinghie sopra e sotto le ginocchia, sulle cosce sia al centro che vicino all'inguine, in vita, sull'addome, sopra e sotto il seno, sul collo, sopra e sotto i gomiti. Nella bocca un altro divaricatore con un'asta ascendente, l'unica apertura attraverso la quale può respirare, poiché il naso è chiuso con clip. Negli occhi una rima che, oltre a non mostrare nulla, non gli permette di muovere di un centimetro la testa.

È inesorabilmente immobile.

Se avessero voluto ucciderla, l'avrebbero fatto. Cosa le succederà? Di quali due persone stava parlando?

I suoi pensieri sono interrotti dalla sensazione di una specie di schiuma che gli viene spruzzata sul corpo.

Premi un interruttore e senti la temperatura scendere.

Restiamo con Robert e Sonia in ufficio.

"E quel taglio, membro 231?"

La signora sorride e rivela un taglio sul labbro.

"Non leggi i giornali, vero? Meglio così, sarà tutto più bello. Ah, il taglio che ho? Ebbene, niente di grave, chi lo ha fatto avrà il tempo di rimpiangere, visto quello che ci aspetta qui. Adesso Accetto di essere mio ospite per cena stasera. A proposito, mi sono preso la libertà di inibire i sistemi telematici nelle vostre stanze, così non potrete seguire le notizie ... ma solo per stasera. "

"Accettiamo volentieri, Membro 231. Ci vediamo stasera"

Il membro 231 generalmente mangia da solo o con tutti gli altri, raramente cenando con altre persone.

Robert e Sonia vanno nella stanza del loro capo.

"Benvenuto, vieni presto. Ti capisco, sai? Siediti."

Tre sedie, niente in mezzo.

"Ma cosa...?"

"Camerieri, per favore"

Due umani modificati entrano con un carro.

Robert riconosce il carro: le vittime sono completamente immobilizzate, ei loro corpi vengono cosparsi di cibo per rallegrare le cene in modo insolito. Questa volta il corpo era completamente coperto. Un frigorifero ha mantenuto la temperatura bassa per conservare la crema. Un capolavoro, questa volta erano impegnati. Crema e meringa su tutto il corpo. I grandi seni erano ricoperti di crema con ciliegie sui capezzoli. La faccia ricoperta da un melone cavo e un prosciutto intorno. In alto un tubo di respirazione. Una noce di cocco al centro nella zona inguinale, strategica. E poi la panna. Panna e meringa.

La bassa temperatura fece rabbrividire la cavia, ma il movimento era quasi impossibile a causa delle innumerevoli cinghie che la contenevano.

Era completamente coperta, ma si poteva già intuire che il fisico della donna era spettacolare: alta, aguzza, ma con una massa muscolare notevole, un petto tonico e pieno; e non avevano ancora visto il meglio.

Il cameriere porta il cioccolato fuso.

"Serviti"

Sonia gli versa la cioccolata calda sull'addome. La vittima sussulta, seguita da un "nnnggghhhhh!" soffocato.

I commensali iniziano ad assaporare la delicatezza dell'addome.

"Bello questo arrangiamento, dovremmo farlo un po 'più spesso"

Scherza Robert, immergendo la sua forchetta d'argento nella meringa.

Dopo un paio di minuti, l'addome è abbastanza nudo. I commensali possono apprezzare gli addominali muscolosi e scolpiti, ma comunque sinuosi e levigati. La cavia ha la pelle scura, ma occidentale.

A Robert piace stuzzicarla con la punta della forchetta, provocando piccole contrazioni impercettibili degli addominali.

L'elemento 231 disattiva il refrigerante.

"È ora di provarlo, non credi?"

Sonia versa la cioccolata calda sul suo addome ora scoperto. La cavia emette un grido e si dimena di più. Nonostante le cinghie, i suoi tiri fanno cadere la ciliegina sul capezzolo destro, dalla parte di Sonia.

"Ma guarda, sembra che il nostro piccolo amico si stia ribellando. Guarda, Robert, ha rovinato l'arredamento."

Robert interviene.

"Bene, nel frattempo, fissiamo le cinghie"

Monica, attraverso la coltre di cibo, riesce a sentire le voci. Quelle voci familiari ... no ... non può essere. Deve essere un incubo ...

"Dov'è il bottone, Sonia? Ah, eccolo, che stupido"

Sentire quel nome è come un colpo al cuore per Monica che, in preda al panico, inizia a dimenarsi con tutta la forza di cui è capace.

L'altra glassa cade, parte della meringa attorno alle braccia cede, le cinghie sembrano allentarsi.

Robert preme un pulsante.

I guinzagli sono stretti finché la cavia non si calma di nuovo, che ora respira in modo più pronunciato.

Gli sforzi e il sudore hanno sciolto parte della decorazione, ora si vedono spalle, ascelle, bicipiti, cosce, oltre all'addome già esposto.

Ora i due possono vedere più dettagli del corpo della vittima, apprezzare la definizione muscolare e la compattezza della carne. Non ricordano di aver mai visto una cavia così.

"Quella crema sembra appetitosa"

Questo mette sotto pressione Sonia che inizia subito a leccarsi avidamente il seno, seguita da Robert.

Più che mangiare dell'ottima crema, il suo scopo è scoprire seni fantastici, abbondanti, sodi, rotondi, perfettamente legati ai pettorali, che culminano in capezzoli grandi, scuri e carnosi.

Dopo aver slacciato le cinghie sopra e sotto il seno, osservano come le contrazioni dei pettorali fanno muovere il seno in modo vitale e ribelle.

Il sudore inizia a formarsi sotto le ascelle.

I due passano ansiosamente le dita e la lingua.

"Voglio vederla dimenarsi ... ho un'idea"

Robert mette la mano sul boccaglio e lo chiude.

Dopo un minuto, la cavia inizia a muoversi come una furia. Sonia, nel frattempo, morde il capezzolo in modo sgradevole facendo saltare la cavia.

Robert apre il respiratore.

Il seno comincia a sollevarsi e abbassarsi freneticamente, Robert ne approfitta per leccarlo avidamente.

Ripetete il gioco tre o quattro volte osservando che la crema è già quasi completamente sciolta.

Il membro 231 li osserva con piacere; si chiede se sospettano già qualcosa. A questo punto partecipa anche mordicchiando l'interno della coscia della cavia e osservando i suoi muscoli contrarsi. Non gli era mai successo di volere una donna ... fino ad ora.

Dopo venti minuti di giochi crudeli, il corpo è completamente nudo, tranne le cinghie. E il viso coperto.

Robert e Sonia si fermano un attimo ad ammirarlo.

La definizione, la sinuosità dell'insieme è incredibile. Gambe che sembrano avere glutei di marmo.

"Devo dire che questa volta abbiamo raggiunto un limite. Non credo che possa esserci un corpo più bello di questo. Di chi sarà quella faccia. Solo una persona può eguagliarla, e tu sai chi intendo, Robert ..."

I due si guardano.

L'ombra del dubbio attraversa i loro volti.

Il membro 231 lo capisce.

"Ragazzi, credo che vogliate godervi questo momento da soli, ma prima ... qui, il giornale di ieri. Vi suggerisco di leggere il titolo sulla seconda pagina ... poi potrete portare via quello stupido melone."

Si allontana e lascia la stanza.

Entrambi si stanno rendendo conto che forse ...

I loro cuori battevano a mille.

Sonia legge ad alta voce:

SENSAZIONALE: Fantastic Girl risulta essere la promessa dell'atletica mondiale Monica G., considerata da tutti quasi un'aliena per le sue doti atletiche, non da ultimo per la sua bellezza. Ma il giorno della cattura riesce a scappare in qualche modo. Forse con l'aiuto di complici. Il fatto è che ha neutralizzato due guardie ed è fuggita. Nessuno la trova, non si è presentata per l'addestramento. La polizia ha già lanciato l'allerta di frontiera. La verità è che, prima era un'eroina

amata da tutti, dopo aver ucciso due ufficiali è colpevole di omicidio ...
"

Monica sente le parole di Sonia e inizia a piangere disperatamente. Adesso è tutto chiaro. È nuda, immobilizzata e in balia di due pazzi psicopatici. Con la forza della disperazione, piangendo, tira le cinghie in modo innaturale, riuscendo a spezzare quelle che le circondano il gomito destro.

Robert preme il pulsante di "emergenza" e le cinghie aggiuntive saltano fuori immediatamente dal meccanismo, immobilizzando irrimediabilmente la cavia; ora puoi vedere le sue lacrime di disperazione sotto il melone.

Robert e Sonia si avvicinano alla cavia, asciugando lentamente il poco cibo rimasto sul corpo con i tovaglioli, rimanendo sadicamente su tutte le zone sensibili al tatto, mentre lei si contorce per la disperazione.

Quando non ha più la forza di piangere, si prendono cura del melone e del tubo, scoprendogli viso e occhi.

Monica l'ha già capito, ma vederli in faccia è come una pugnalata. Come è potuto succedere? Non perdonerà mai il suo capriccio di essere un supereroe

Sonia e Robert la guardano estasiati. Un sogno diventato realtà.

Monica, in sua presenza, indifesa, ma con tutte le sue forze. La tua forza fisica non ti servirà a niente. Adesso appartiene a loro.

Come posseduti, iniziano a baciarla sul viso, sulle orecchie, accarezzandola con rinnovato desiderio; Mentre Robert si prende cura del viso, del seno, Sonia scivola, con lingua e dita nervose, sull'addome, sulle cosce, sui glutei, sui genitali.

Monica inizia ad urlare in preda al panico e alla frustrazione, le cinghie strette in modalità "emergenza" le impediscono di muoversi, suda da diversi minuti e non per sforzo fisico.

"Lasciami andare! Dannazione, cosa vuoi da me? Verme, abbiamo studiato insieme per anni ... no ... no ... fermati ... non provarci, sai ... aaaaahhhhhhhh!"

Robert, dopo averla fatta sfogare, le morde il capezzolo destro irritato, tirando su, dolorosamente per la povera cavia, mentre con la mano stringe quello sinistro.

Sonia si occupa della parte inferiore, non senza un pizzico di malizia, consapevole del "bagno" che Monica l'aveva costretta a fare. Morde, pizzica, esplora con la lingua.

Monica, piangendo, respira pesantemente e cerca di pensare a una possibile via d'uscita.

Vede il suo magnifico petto luccicare di sudore, sente il desiderio dei suoi aguzzini, le loro lingue e le loro dita scivolare su di lei.

Comincia a meravigliarsi quando una strana sensazione la prende; gli inutili tentativi di liberarsi sono scanditi da versi gutturali, quasi animali. Le cinghie in modalità emergenza, pur essendo più sicure, consentono una minima libertà di movimento, essendo più elastiche; In questo modo Mónica ha l'opportunità di forzarli, mettendo in evidenza i suoi muscoli imponenti, con un grande ringraziamento a Robert e Sonia. Sa di non avere alcuna possibilità, ma continua a tirare, come un animale, quasi ... quasi come se le piacesse che quei due la vedessero in quello stato. No, non è possibile.

Dopo innumerevoli sussulti accompagnati da ringhi, Sonia nota un segno inconfondibile dell'eccitazione della cavia.

"Ehi Robert, vieni a vedere questa piccola cagna ..."

Robert mette un dito in area offensiva.

"Ma guarda, chi l'avrebbe mai detto"

Sorridono alla vittima immobilizzata, che cerca di nascondere il rossore sulle sue guance.

Monica, cercando disperatamente di respingere il pensiero, inizia a urlare.

"Aiuto ... Ehi, qualcuno può sentirmi? Voi due avete idee molto strane, dannazione, se mai dovessi liberarmi non ti lascerò rialzare come ho fatto le ultime volte"

Il membro 231 irrompe nella stanza con dieci umani modificati.

"Ragazzi, per favore ... abbiamo un sacco di tempo per questo. Ora lasciate che gli umani modificati la portino nella sua cella, e permettetemi di scambiare qualche parola con lei ... dopotutto, siete mia ospite, schifosa cagna."

Passa un dito sull'addome per raggiungere il capezzolo e spremere.

Monica si dimena e mantiene uno sguardo orgoglioso e provocatorio verso la donna.

"Tu ed io dobbiamo avere una conversazione su chi è in carica qui e chi NON dovrebbe essere autorizzato a guardarmi in quel modo."

Lo dice severo ma controllato.

Gli umani modificati vanno con la macchina.

QUINTA PARTE
IL CORPO DI MONICA - FANTASTIC GIRL

Presentazione della nuova cavia

C'è molta eccitazione sull'isola. Tutti sanno che c'è una nuova acquisizione. È un evento abbastanza comune, ma questa volta sembra che le cose siano diverse. In parte perché tutti sanno chi è Monica G., la sua abilità atletica, il modo in cui è stata catturata, come un supereroe; Dopo la notizia della cattura, tutti sono andati a vedere su Internet le foto della donna, tratte da articoli sportivi o da video in cui ha partecipato al salto con l'asta. Tutti si chiedono soprattutto perché non fosse inclusa tra le cavie come tutti gli altri. Ciò causa un leggero malcontento sull'isola, quindi il membro 231 convoca Robert e Sonia nel suo ufficio.

I due sono ancora scioccati per aver catturato il loro oggetto del desiderio.

Prende la parola Sonia.

"Questo ... membro 231, non sappiamo davvero cosa dire ... dire grazie è poco"

Lacrime di gioia nei suoi occhi angosciati, quasi increduli per la grazia ricevuta.

Robert estatico, incapace di parlare.

Adesso possono vendicarsi di chi li ha umiliati in passato e, allo stesso tempo, averla come e quando vogliono.

Le fantasie dei due si scatenano, rinnovate da ciò che hanno sempre desiderato, possibili torture, prove di forza, tenendola addirittura nuda e legata in camera per umiliarla.

Il membro 231 ferma i deliri dei due.

"Ragazzi, prima di tutto, non avete niente di cui ringraziarmi. Avere un esemplare come Monica qui era qualcosa che stavamo aspettando da molto tempo. Un'opportunità come questa si è presentata con la sua 'follia' di diventare un supereroe con quello che Ci ha reso le cose facili. Il motivo per cui non devi ringraziarmi per niente ... è che TUTTI sull'isola potranno apprezzare ... le tue qualità, in più ci sono molti test - esperimenti che richiedono una femmina con queste caratteristiche "

I due non l'avevano mai considerato da questo punto di vista e un pizzico di rabbia - la gelosia li prende alla sprovvista.

Sonia, un po 'spaventata, interviene.

"Ma ... beh ... con tutto il rispetto, ma usare una femmina ... uh ... porcellino d'India con questo potenziale per certi test sembra uno spreco ..."

"Oh, ma intendi il danno che potrebbe richiedere ... sai una cosa? Hai praticamente finito la 'macchina rigenerativa'; beh, consideralo un incentivo ad accelerare i tuoi preparativi; e, dai, lo avrai ancora. Robert, te lo inventerai caro. Siamo in sei, più di una volta alla settimana puoi "giocare" con lei, magari anche con la tua collega ".

Robert e Sonia si sentono un po 'infreddoliti dal loro travolgente entusiasmo iniziale, ma si rendono conto della situazione in cui si trovano.

"Mettiamola così, hai due giorni per completare la macchina, quindi ... beh allora Monica dovrà passare per le mani del nostro Paul, amante della frusta; e anche per le mie mani, visto che io e lei abbiamo degli affari in sospeso."

Monica passa la notte nella sua cella. Se non fosse per la fatica fisica, non riuscirei a dormire; troppe domande nella sua testa su dove si trova, cosa lo aspetta in futuro. Qual è lo scopo di queste persone? Cosa le faranno? Sopravvivere a? Sia l'umiliazione che il dolore fisico la spaventano. A livello fisico, non ha mai avuto problemi a sopportare dolore e stanchezza. Ma qual era quella sensazione di abbandono e di sollievo che poco l'aveva riempita quando era nuda e legata nelle mani di quei due?

Un colpo al materasso lo sveglia, indossa un abito leggero.

"Svegliati cara, mia cavia ribelle."

Monica si rende conto che non è il momento di ribellarsi e non dice nulla di irrispettoso al membro 231.

"In piedi".

Lei obbedisce.

Il membro 231 normalmente dovrebbe, a questo punto, ordinare agli umani modificati di entrare, immobilizzarle mani e piedi, quindi portarla in palestra, esercitarla, mantenerla in forma; Poiché la cosa più importante in questi giorni è valutare il suo potenziale e per quale scopo potrebbe essere utilizzato.

La normale procedura prevede che, dopo una mattinata di lavoro in palestra e in piscina, la cavia venga nutrita, lasciata riposare per un paio d'ore e poi chiamata a svolgere un allenamento specifico che può essere corsa, elettrostimolazione, nuoto o miglioramenti specifici. Poi un ultimo acquazzone, cena e, per gli esemplari più piacevoli, una serata con uno dei membri dell'isola per "allietare" il loro soggiorno. Ovviamente, tutte le sessioni di addestramento sulle cavie sono supervisionate da almeno cinque umani modificati; Le cavie sono sempre immobilizzate o poste in luoghi dove non possono arrecare danni (come la piscina a bordo alto, il sentiero dell'isola recintato e la palestra con le sbarre).

Il membro 231, invece, invece di seguire la normale procedura, si lascia tentare, non ha la pazienza di aspettare la sua sera.

"Ascolta, puttana, non voglio che i miei soldati armati ti inchiodino, ti feriscano o forse ti puniscano; dovresti sapere che possiamo stordirti con pistole stordenti in qualsiasi momento per ottenere la tua obbedienza, in un modo o nell'altro; quindi spero che tu sia abbastanza abbastanza intelligente da obbedirmi "

Silenzio.

"Bene, inizia a fare jogging sul posto."

Monica, un po 'sorpresa dalla richiesta, nonostante sia turbata dall'orgoglio di essere chiamata "cagna", inizia a fare jogging.

Il suo trotto sul pavimento della stanza è leggero e senza difficoltà.

"Bene, alza le ginocchia un po 'più in alto"

Lo fa.

Dopo cinque minuti di corsa leggera, Monica non sente il minimo segno di stanchezza.

"Sollevalo più in alto"

Monica sembra una primavera, non ha la minima difficoltà. È impressionante come combini potenza con grazia ed elasticità.

Le tue gambe sono tutt'uno con il tuo corpo in movimento.

Un insieme perfetto.

"Fermati, respira un po '"

Monica ne approfitta per riprendere fiato (anche se non ne aveva bisogno).

Il membro 231 non nota una goccia di sudore sul viso della cavia.

"Flessioni, Monica; inizia le flessioni; piedi uniti e corpo dritto; non fermarti finché non te lo dico io"

Inizia.

Perfetto.

Una struttura impressionante.

Dopo altri cinque minuti non mostra segni di cedimento.

Il membro 231 deve andare in bagno.

"Il capitano controllerà che tu stia ancora facendo flessioni; torno subito; ah, per favore non fermarti e non rallentare, altrimenti ... beh, troveremo subito qualcosa di doloroso da fare, puttana."

Mentre la donna si allontana, Monica continua con l'esercizio. Ora un po 'si rammarica di aver risposto male alla donna il giorno prima. Ma sa di aver agito in base al suo istinto e il suo orgoglio rimane intatto.

Il membro 231 torna dal bagno e osserva la cavia. Il suo movimento è sempre regolare e regolare, ma la respirazione inizia a essere difficile.

Dopo quindici minuti, calcolando una flessione al secondo, avrai eseguito quasi novecento flessioni.

Aveva visto porcellini d'India maschi in numero di tremila; in ogni caso, quando arrivarono a mille, il loro ritmo calò drasticamente. Monica ... beh, solo un piccolo sussulto.

"Con te voglio che la sorveglianza sia raddoppiata ... o meglio, triplicata; Capitano, ne faccia venire altri dieci; devono essere quindici, di cui cinque armati. Dannazione ... voglio vederti sudare, sono impaziente. Tu, alzati un po 'la temperatura "

Fatto.

Monica inizia a sentirsi stanca, il sudore si forma sia per la stanchezza che per il caldo nella stanza.

Ad un certo punto, inevitabilmente, inizia a rallentare.

Il membro 231 è soddisfatto del risultato ottenuto.

"Bene, congratulazioni; alzati"

Monica, respirando affannosamente, si alza.

Per lei è stato uno spettacolo di allenamento, ma niente di particolarmente impegnativo; solo l'innalzamento della temperatura lo infastidiva.

Questo è il momento che stavi aspettando.

"Togliti i vestiti".

A malincuore, lo fa. Fuori con la parte superiore della tuta.

"Completamente; ti voglio completamente nudo"

Fatto.

"Gambe divaricate e mani sopra la testa."

Questa visione non è mai stata vista da lei prima. Eppure in tutti questi anni aveva visto tanti atleti, diversi neri; il sudore fa risplendere le loro belle forme.

Dall'interno della cella, Monica fa quanto ordinato per evitare ritorsioni immediate, pur mantenendo uno sguardo fiero che testimonia il suo temperamento non sottomesso.

A un segnale della donna, dieci umani modificati entrano nella cella, immobilizzandola con doppie cinghie (come ordinato dalla donna) ad una sbarra con ganci sbucata dal soffitto della cella, gli altri cinque a distanza di sicurezza con armi stordenti appuntito.

Quando i suoi polsi sono inchiodati al soffitto, Monica ha ancora le gambe libere e sa che potrebbe stenderne almeno cinque o sei; ma come comportarsi con gli altri e soprattutto con gli uomini armati? Quindi consente anche alle caviglie di essere legate a terra. Ora è legata all'X in piedi.

"Tiralo su un po'."

Il capitano aziona il bar con un telecomando avvicinandolo al soffitto. Quando i piedi di Monica sono a quattro pollici da terra ei suoi movimenti sono limitati a un certo dondolio, il meccanismo si ferma.

Il membro 231 è in soggezione.

Si avvicina lentamente a Monica in catene e la annusa.

Il tuo sudore è piacevole all'odore. I seni, dopo lo sforzo, hanno un bel colore rosa; il petto si alza e si abbassa mostrando tutta la femminilità animale della donna.

Lingua sotto le ascelle. Monica, che aveva cercato di restare immobile per non accontentare la donna, sussulta in modo incontrollabile e tira le cinghie, con grande apprezzamento del membro 231.

"Mmmm, è possibile che tu abbia il solletico? Vedremo, vedremo, forse un altro giorno. Ora lasciaci in pace."

Gli umani modificati si ritirano. Monica si chiede cosa vuole da lei la donna. Sa che non avrebbe dovuto ferirle il labbro, ora coperto con una benda. Fa un gesto istintivo e inizia a tirare le cinghie, che però, essendo in parte elastiche, assorbono il suo sforzo illeso e senza cedere. Quindi, rinnova ostinatamente lo sforzo, riuscendo a piegare braccia e gambe quel tanto che basta per più leva.

"Ehi ragazzi, tornate qui un attimo! Presto"

Gli umani Mod sono tornati con una grande corsa.

"Voglio che tu aggiunga più cinghie; è meglio che tu sia ultra sicuro, anche se non potresti mai romperle comunque, cagna."

Monica è arrabbiata, ma mantiene il suo comportamento e non mostra alcun rifiuto. Anzi, sarebbe stato impossibile liberarsi, ma la donna ha molta paura di lui, dopo il calcio precedente.

Ora è ancora più stretto di prima, le cinghie extra ti lasciano con pochissimo movimento.

"Adesso puoi andare"

Adesso sono soli.

Il membro 231 fissa Monica per cinque minuti e rimane immobile. Monica non dice niente e non rivela emozioni.

"Be ', hai un buon carattere, cane."

Monica ha uno sguardo orgoglioso ed evita lo sguardo della donna.

La respirazione è più calma ora.

"Non parli. Cosa dovresti dire altrimenti? Le femmine non parlano. Potresti almeno scusarti per il mio taglio sulle labbra, non ti hanno insegnato la gentilezza?"

Silenzio.

Al tocco della donna sull'addome muscoloso, Monica salta.

"Ah, ma ci sei. Ascolta, sfacciato, tra pochi giorni ti avrò tutta la notte. Non so da dove vieni, come puoi essere così bella e forte allo stesso tempo? A volte ho pensato che non ci possa essere nessuno così in questo pianeta. Oh, ma non preoccuparti. Ti farò soffrire. Fisicamente. E poi mi supplicherai di perdonarti. "

Mordicchia l'addome intorno all'ombelico, lecca il seno e i capezzoli. Sembra un sogno. Le morde il capezzolo sinistro e Monica sussulta, più con orgoglio che con dolore, e gira la testa di lato.

"Guarderai in basso e mi supplicherai di baciarti, dicendo che sono la tua unica Dea sulla Terra."

Le morde forte il capezzolo, Monica sopprime un grido, ma un "nnnggghhhhh!" gli sfugge.

"Per oggi va bene, ma non finisce qui ... ci rivedremo presto; sai, ho il comando su quest'isola dimenticata dal mondo."

Monica, alla parola "isola", ha un momento di panico. Le tue possibilità di fuga sono praticamente nulle se ti trovi su un'isola.

Per ora è orgogliosa di non aver ceduto alla donna.

Gli umani modificati tornano alla loro routine quotidiana e la giornata scorre senza intoppi.

Sonia e Robert stanno lavorando assiduamente alla macchina rigenerativa.

In pratica, è un uovo gigante in cui chiunque si trovi all'interno per cinque minuti può guarire da tutti i tipi di ferite, malattie e lesioni. Non può fare nulla contro il normale invecchiamento, ma indossarlo ogni giorno può allungare notevolmente la tua vita, in teoria.

Dopo diversi tentativi con le cavie dopo averle sottoposte a piccoli tagli, ustioni, graffi, Sonia e Robert sono andati oltre, sottoponendo le cavie a gravi traumi, distorsioni, mutilazioni parziali, per poi curarle con risultati sorprendenti. Attualmente stanno completando i test per migliorare l'affidabilità e l'efficienza della macchina.

Robert lo mette alla prova su se stesso. Anche se non è ferito o malato, lo usa per due minuti. Una volta fuori, ti sembra di esserti appena svegliato da giorni e giorni di sonno, nuovo di zecca, la tua postura più eretta, il tuo corpo più tonico. Si chiede che effetto potrebbe avere ... su di lei. Gli chiede anche Sonia.

Incontro speciale.

Sala riunioni con Sonia, Robert, Julia, Samantha e Paul.

Entra il membro 231, gli altri si alzano in segno di rispetto.

"Buongiorno cari colleghi. Oggi vi presento la tanto attesa Monica. C'è molta curiosità da parte di tutti, uomini e donne. Tra di noi confesso che quando la vedo senza vestiti la mia eterosessualità vacilla molto. Ehi, guarda questa registrazione: dopo la sua cattura L'ho vista e sono rimasta colpita dal suo fisico oltre che dal suo viso, così ho messo alla prova le sue capacità di ginnastica - lei fatica a darle una falsa speranza di fuga. Posso solo dirti che era disarmata. (Oltre ad essere nuda, non ho potuto fare a meno di spogliarla) contro dieci umani modificati armati di catene e manganelli ... beh, guarda ":

Il film della lotta procede dai momenti iniziali in cui è vista circondata, al momento del suo attacco, poi ai colpi che riceve, lei che si alza come se niente, la sua vittoria momentanea. Dopo la scena, il video prosegue con l'ingresso degli altri venti che la catturano, non senza difficoltà, grazie alla rete, oltre che all'evidente superiorità numerica. La scena del combattimento del membro 231 è accompagnata da un "Oohhh" di stupore generale. Quindi è stata legata al lettino con cinghie. Alla fine del video, alcune immagini fisse evidenziano alcuni movimenti acrobatici quasi innaturali, così come le sue magnifiche forme.

Julia e Samantha, notoriamente eterosessuali, si guardano preoccupate.

"Membro 231, hai ragione; non conosco la mia collega Samantha, ma vedendo un esemplare del genere posso cambiare lato abbastanza facilmente; ehi, guarda quando la colpiscono, ha un movimento folle; animale ma simpatico; potente ma sinuosa, velocità esecuzione quasi disumana ... mmm ... chissà quante cose possiamo fargli provare ".

Il membro 231 interviene.

"Bene, senza ulteriori scartoffie, ecco l'originale."

Gli esseri umani modificati portano una gabbia. Dentro, Monica indossa un costume da bagno viola. È incatenato ai polsi, alle caviglie e con un collare attaccato alla parte superiore della gabbia, con poche possibilità di movimento. Bendato e con un rifrattore in bocca.

"L'ho imbavagliata, è ribelle, non voglio che offenda i miei cari compagni. Mi ha già offeso, ma non sono suscettibile ... beh, anche perché so cosa la aspetta."

Monica si rende conto di essere osservata da diverse persone, ma finge indifferenza.

Paul prende un pungiglione elettrico e le prende a pugni la natica destra, facendo sussultare la cavia mentre inizia a ritirarsi. Le catene, sebbene spesse e sicure, consentono libertà di movimento avvicinando l'addome alla parte anteriore della gabbia; ma lì Sonia l'aspetta, anche lei con un pungiglione, e la colpisce all'addome, facendola indietreggiare.

Gli altri si uniscono al gioco e per Monica la situazione diventa a dir poco "urgente". La prendono in giro a turno, da ogni lato della gabbia, a volte a brevi intervalli, a volte con pause sadiche, senza dire una parola.

I pungiglioni non sono particolarmente dolorosi, soprattutto per un esemplare robusto e sano come lei, ma sono molto fastidiosi e, soprattutto, provocano movimenti incontrollati del corpo, offrendo uno spettacolo bellissimo ai torturatori.

Il costume intero aggiunge un tocco di colore alla tua persona, ma lascia poco spazio all'immaginazione degli spettatori sadici. Samantha apprezza come il suo corpo, quando si muove, crea dinamiche muscolari molto sensuali, cose che non si potevano notare nella foto.

Dopo alcuni minuti Monica comincia ad arrabbiarsi e dimenarsi come una furia selvaggia, dimenticando di aver proposto di contenere le sue emozioni e frustrazioni per non dare soddisfazione a chi la torturava.

Paul attiva sadicamente il pungiglione nell'interno coscia con un'azione prolungata per alcuni secondi, ottenendo un grugnito soffocato dal morso. Il rumore delle catene che si toccano e la vista di loro avvolgere quell'opera d'arte vivente sono un vantaggio per i torturatori sadici.

Monica è esausta. La sua rabbia si trasforma in frustrazione e non riesce a trattenere le lacrime. Nonostante ciò, i pungiglioni la toccano ancora e ancora, inesorabilmente. Ora il suo petto si alza e si abbassa convulsamente, fuori controllo.

"Stop."

Il membro 231 ordina di portare la cavia al centro del tavolo attorno al quale sono seduti i colleghi.

"Cari colleghi, ecco il programma delle prime settimane: ogni mattina Monica si allenerà, si manterrà in forma secondo la procedura; Nel pomeriggio faremo tutti i tipi di test, soprattutto la prima settimana; di notte, già immaginando che tutti lo vogliano, il primo turno sarà nostro ... essere il mio giocattolo, vero stronza? "

La schernisce di nuovo con il suo pungiglione. Monica emette un "nnnggghhhhh" di rabbia, soprattutto alla parola "giocattolo", non sapendo cosa aspettarsi, e comincia a tirare le catene. Essendo un po 'sudato, il suo corpo sembra ancora più animalesco.

"Dovremo preparare un calendario ... ah, ammesso che io, Robert, Sonia e Paul lo vogliate, voi due, Julia e Samantha? Cosa ne pensate? Potete anche continuare con i ragazzi, se volete, nessuno vi obbliga"

"Guarda, deputato 231, come ho detto prima ... questo credo di poter affermare con assoluta certezza che, per la prima volta, ci interesserà il corpo femminile; questo supera qualsiasi altra cavia che abbiamo avuto."

Detto questo, Samantha fa scorrere un dito dall'ombelico all'ascella del cane ammanettato, provocandole un'altra reazione incontrollata e un "nnggrrrrr" soffocato.

"La cagna che abbaia non morde; guarda il suo corpo, sembra una selvaggia"

Il membro 231 continua.

"Quindi, lunedì Julia e Samantha, martedì Paul, mercoledì riposo (dopo Paul mi piacerebbe molto vedere se si vanta ancora), giovedì I, venerdì Robert, sabato Sonia, domenica riposo. Penso che per la prima settimana potrebbe essere così. Oggi ti faremo una prova delle tue ... capacità fisiche, vero, cagnolino? "

Tocco, tocco da dietro sulle natiche con conseguente avvio di Monica.

Routine di esercizio

"nnnggghhhhh"

Monica sussulta mentre gli umani modificati le tolgono il bavaglio.

Adesso è all'aperto; per la prima volta si rende conto di essere davvero su un'isola; la vista del mare intorno a Monica ha un inizio disperato.

Ma ora devi scoprire cosa sta succedendo.

Ci sono altre persone vestite come lei, anche con costumi da bagno di diversi colori, donne in bikini o come lei in costume intero, uomini, con slip. Sembrano persone fisicamente forti, atleti di vario genere. Sono circondati da umani modificati armati, un corridoio che ricorda una gabbia aperta. Dalla sua posizione, Monica può vedere che il corridoio - gabbia continua a perdita d'occhio.

Non lontano, un uomo nudo è legato a X all'aria aperta, a un meccanismo che ruota lentamente, esponendolo al pieno sole. Monica impazzisce e le viene il sangue freddo al pensiero di quello che potrebbero farle.

Appare il membro 231, insieme ai due idioti e altri fuori dalla gabbia.

"Buongiorno, porcellini d'India."

"Salve, membro 231"

Le cavie rispondono in coro, spaventate, Monica esclusa.

"Non ti hanno insegnato a salutare, cagna?"

Monica si ferma con uno sguardo orgoglioso.

"Sai che la tua forza qui non ti aiuterà, vero?"

Annuisce con la testa e otto umani modificati le si avvicinano all'interno della gabbia con le armi puntate.

Monica guarda lo sfortunato che è tenuto fuori con la forza al sole e rinuncia all'orgoglio.

"Buongiorno membro 231"

"Ma ehi, stiamo imparando le buone maniere; non sei stupida come sembri, stronza ..."

Monica ha una mossa istintiva per correre verso la recinzione, tentando di arrampicarla e colpirla di nuovo, ma non appena accenna a una mossa, gli umani modificati le bloccano la strada e le puntano le armi contro.

Il membro 231 sorride.

"Per chi non ha dimestichezza con le regole - strizza l'occhio a Monica - ci sono cinque uomini e cinque donne, più altri dieci che hanno appena finito, ma che non hanno idea di quanto tempo abbiano già fatto ... farai un giro di tre chilometri. Partiremo in ordine casuale, saranno cronometrati. Ad ogni giro, l'uomo e la donna più lenti si fermeranno e saranno considerati ultimi classificati. Per il resto, sempre uguale, ogni tre chilometri c'è un'eliminazione. La classifica si fa in l'ordine di eliminazione e poi i tempi Inutile dire che gli ultimi tre serviranno ... per spiacevoli esperimenti, dal settimo al quarto ... niente da fare, il secondo e il terzo un giorno di riposo e il primo .. . un'intera settimana di riposo "

Monica sente la tensione negli altri "concorrenti". È il quarto a partire.

Non sai quale strategia adottare; sembrava capire che tutti sono atleti; deve competere con le donne, alcune delle quali avevano un fisico più massiccio, per gare brevi; in questi può prevalere sulle lunghe distanze, ma ha paura di essere eliminato nei primi tre chilometri. Quindi, senza troppi calcoli, si concentra sull'essere parte di una grande carriera.

Nel primo chilometro, Monica si rende conto che l'uomo che è venuto dopo di lei sta raggiungendo. Questo non dovrebbe essere un problema, visto che è in competizione con le donne, ma è la prima volta che un uomo la segue e va ancora più veloce di lei; forse gli altri prigionieri sono stati "presi" dal mondo dell'atletica; Inoltre, il modo in cui vengono mantenuti e addestrati ogni giorno potrebbe aumentare le loro prestazioni. Quindi inizia ad accelerare, un po 'spaventata e impaurita dai cosiddetti "esperimenti". L'uomo non si avvicina più a lei e mantiene una distanza costante. Alla fine del giro dell'isola, vede la figura di un uomo che ha quasi raggiunto. All'arrivo al traguardo, gli umani modificati vengono preparati e gli altri sono dotati di timer e computer. Dopo il traguardo, gli umani modificati lo fermano con le loro armi appuntite; immobilizzano l'uomo di fronte a lei e lo spingono via; gli sembra di essere terrorizzato e piangere. Ovviamente è il primo ad essere eliminato ed essendo sicuramente l'ultimo o il penultimo sa cosa aspettarsi. Monica, pensando che non sarà più una delle ultime, percorre gli ultimi metri con una velocità più calma per prepararsi ad una gara sulla distanza.

Il momento della verità: passi l'obiettivo ... non vedi movimenti particolari, puoi continuare. Adesso capisci la crudeltà del gioco: dover correre senza riferimenti e sempre al meglio. La fretta presa alla fine del giro la stanca un po ', ma riprende forza e coscienza pensando a tutti i suoi allenamenti fatti in passato, e pensando che in fondo è Monica G. Con il suo respiro si riprende e comincia ad accelerare il passo. Dopo il secondo giro è ancora in gara e questo la consola vista la paura che sia sfuggita a quello che le sarebbe potuto succedere; Inoltre, l'uomo che la stava raggiungendo non le sta più avvicinando, un buon segno. Adesso si sta avvicinando all'idea di poter vincere almeno un giorno di libertà.

Povera ingenua, Monica non si rende conto di cosa sta succedendo nella zona del cronometro. Il membro 231 guarda incredulo i dati dei tempi insieme agli altri: dopo un primo giro in linea con gli altri porcellini d'India, Monica è stata la più veloce nel secondo round, anche davanti agli uomini; Nel terzo giro è l'unico che ha abbassato i tempi invece di aumentarli; il suo ritmo è ammirato da tutti: un'ottima carriera, che non sembra procurargli la minima fatica; solo dopo i primi sei chilometri si comincia a vedere il sudore sul suo magnifico corpo, che impreziosisce le sue già splendide e snelle forme. Il membro 231 si rivolge ai suoi colleghi:

"Come puoi vedere, quello che si dice di lei sembra vero, almeno in gara; essendo un esempio al di là di ogni parametro, poi gareggerà in piscina, nonostante le procedure che vietano due gare nello stesso giorno; qui potrebbe vincere facilmente, senza nemmeno stancarsi troppo, ma le faremo credere di essere arrivata quarta ... non c'è modo di darle un giorno libero, non vedo l'ora di provarlo ".

Al quarto giro Monica avverte i primi segni di stanchezza, ma la sua gara sta andando bene e vede la possibilità di guadagnarsi un meritato riposo.

Ma al quarto giro la fermano, con un po 'di stupore: possibile che qualcuno sia stato più veloce?

"Beh, puttana, visto che il primo giorno non è male. Per un pelo non sei arrivato terzo ... pazienza, sarà per un'altra volta"

La immobilizzano e la portano all'interno del centro di detenzione, nella sua cella. Acqua a volontà e alcuni integratori alimentari.

Dopo quindici minuti di totale riposo, Robert e Sonia si avvicinano alla cella da soli.

"Ciao Monica"

Robert inizia.

Sonia osserva, senza salutarla, il corpo dalla testa ai piedi nel suo costume intero.

"Stai attenta stronza"

Robert sorride.

Monica, nonostante le dieci miglia a perdifiato, ha ancora un po 'di energia. Si lancia con tutte le sue forze sul vetro, calci e pugni, urla e affondi ai due ex compagni di squadra.

"Dannazione! Cosa vuoi da me? Non mi prenderanno mai, ma prima mi ucciderò! Hai capito, mostro della natura? E tu psicopatico? Non mi avrai mai!"

In risposta, Sonia aziona l'interruttore che alza la temperatura, con la cella divisa in due parti e l'acqua che scorre da una doccia.

Monica inizia a sudare, il caldo diventa insopportabile dopo pochi minuti.

Sonia si rivolge allo spaventato Robert:

"Non preoccuparti, ama troppo la vita per suicidarsi, una cosa sono le parole pronunciate da una bestia arrabbiata, una cosa è essere uccisa sul serio ... sai, la conosco ... beh, abbastanza intimamente"

Monica, quando sente di nuovo salire la temperatura, si rende conto che la sua è una battaglia persa.

"Va bene, è abbastanza, farò quello che vuoi, dimmi solo come farla finita"

"Fai attenzione stronza"

Monica fa, con le lacrime agli occhi.

Sonia preme un pulsante, abbassa la fiamma, alza la griglia e Monica si dirige verso l'acqua.

"Alto"

"Ma come ho fatto a non fare quello che volevi?"

"Non ancora puttana; devi cambiarti per la prossima gara; togliti il costume da bagno."

Monica lo fa con riluttanza.

"Metti il costume da bagno nella fessura. Bene. Ora girati verso di noi, inginocchiati e metti le mani sulla testa."

Dal vetro, Robert e Sonia guardano il loro prigioniero inginocchiato.

Interviene Robert, che fino a quel momento era rimasto in disparte lasciando le redini del gioco a Sonia.

"Preferisco che tu stia in piedi ... stronza"

Monica arrossisce; Fino a quel momento, Robert era sembrato amichevole.

Robert, non puoi reprimere un sorriso sadico. Sta superando la sua timidezza nei confronti del suo precedente amore. Ora è nuda, in piedi e alla sua mercé. Puoi vedere i suoi muscoli in ogni centimetro, il petto che pulsa. La forza fisica della cavia è inutile contro i sistemi di ritenuta dell'isola, il contrasto tra lei e i due è ulteriormente accentuato dalla sua nudità e dal fatto che li domina in statura.

"Bene, bene, presto potremo studiare il tuo corpo e senza fretta, ora girati, mostraci il tuo culo sodo"

Sorpresa Monica si volta con tutta la sua maestà. Visto da dietro evidenzia la fermezza di gambe lunghe, glutei e schiena. I muscoli delle braccia visti da dietro sono una scultura vivente e si muovono come frecce.

"Allarga le gambe e piegati in avanti, ora, appoggiando le braccia sul pavimento"

Monica si sente arrossire quando sente tra le mani un oggetto freddo come il suolo.

Nel momento in cui si sporge, si sente vulnerabile alla vista di entrambi in tutta la loro privacy. I seni abbondanti risaltano tra le cosce, le gambe sono dritte grazie ad una flessibilità insolita. Ai due resta la consapevolezza che presto sarà completamente disponibile.

Monica, in quella posizione, dopo un'intensa attività fisica e una stanchezza, sente uno strano calore provenire dallo stomaco; una strana sensazione di piacere la prende.

"Come è possibile?"

Entrambi si chiedono.

Sonia e Robert si guardano un po 'sorpresi, quasi leggendosi nel pensiero, intrappolati dal dubbio di un possibile gradimento da parte loro.

Sonia interviene

"Bene, puoi calmarti."

Monica, invece di sentirsi sollevata, è quasi riluttante a lasciare il posto, ma respinge velocemente l'idea e si dirige verso il ruscello, rinfrescandosi.

Fantastic Girl

La prova successiva si fa in bikini, con un top rosso e mutandine blu, del tipo piuttosto sobrio, volutamente attillato per mettere in risalto i suoi seni e capezzoli che, grazie all'aria fresca, erano abbastanza evidenti.

È in una piscina con un bordo alto due metri, per evitare qualsiasi tentativo di fuga. Ci sono uomini e donne come nella gara precedente, le regole sono le stesse, con i giri percorsi come parametro.

Dopo dieci giri, il primo viene eliminato. Una donna, spaventata dalla prospettiva degli esperimenti a cui stava per sottoporsi, ha la malsana idea di cercare di scappare una volta uscita dalla piscina. Essendo molto forte fisicamente, riesce a sconfiggere sei umani modificati nonostante le manette ai polsi, prima di essere stordita dalle strane armi.

Monica non si ferma troppo a lungo e cerca di fare del suo meglio, nonostante la corsa di dieci miglia che ha appena fatto. Il nuoto è una delle cose che sa fare meglio.

L'iscritto 231 osserva come al solito gli orari e nota lo stesso andamento già evidente in gara: la ragazza sembra migliorare con il passare del tempo. Anche qui, dopo la partenza tranquilla, inizia ad essere ancora più veloce degli uomini. E anche qui si è deciso di "arrivare" alla sua quinta, nonostante l'evidente possibilità di poterla vedere sul gradino più alto del podio, anche meglio degli uomini già dopo la prima gara.

Monica è, anche qui, un po 'sorpresa, ma per ora è contenta di non essere finita negli ultimi tre posti.

Ma l'idea di scappare gli è venuta dopo aver visto il tentativo del nuotatore precedente.

Si è reso conto che accanto alla piscina c'è una posizione dell'elicottero e forse ...

Quell'idea la incoraggia e approfitta della linea che verrà fatta con i nuotatori e prima che la incatenino di nuovo, approfitterà dell'ultima opportunità che pensa di avere prima di ciò che la aspetta la notte con il membro 231, per provare ad andare all'elicottero.

Abbatte i due umani modificati che la circondano e si dirige come una freccia verso il membro 231 che è sorpreso dalla rapida reazione della donna.

In questo momento sta diventando di nuovo una Fantastic Girl.

Approfitta di un palo che raccoglie da terra e con il suo aiuto lo pianta a terra e con un salto incredibile oltrepassa le guardie che il Membro 231 ha inviato nella sua cattura dopo la prima reazione a sorpresa, e atterra accanto a lei , dandole un nuovo calcio in faccia e immobilizzandola.

"Come qualcuno si avvicina a me, la uccido proprio qui, accidenti!

Il membro 231 fa cenno agli umani modificati di stare alla larga.

"E adesso cosa farai, puttana? Stavo iniziando a piacermi ma dopo questo soffrirai più di quanto puoi immaginare, puttana "

"Chiudi il becco o ti spacco subito il collo, andiamo con calma all'elicottero ..."

Il membro 231 si rende conto che c'è una reale possibilità che il suo piano funzioni tenendola in ostaggio e quanto sia forte anche dopo due prove estenuanti....

Quindi cerca di distrarla ...

"Guarda ... ci sono Sonia e Robert, non vuoi dire loro qualcosa?

Monica cerca un momento in cui il membro 231 punti quindi ne approfitta per provare a scappare, ma la forza con cui la tiene è tale che Monica si accorge subito della manovra e le dà un pugno allo stomaco.

"La prossima volta che vuoi provare a ingannarmi ti ammazzo, puttana. Dov'è il pilota dell'elicottero? Chiamalo perché venga a prepararlo "

Il membro 231 fa come le viene detto, così in pochi istanti una persona vestita con abiti militari appare accanto all'elicottero ed entra per metterlo in funzione.

In quel Sonia e Robert sono già accanto a loro con facce difficili da decifrare, ma sembrano confusi.

"Membro 231 cosa sta succedendo qui?"

Monica li guarda con tale odio che indietreggiano, ma non abbastanza ...

Anche con il membro 231 sostenuto con un braccio, Monica lancia una gamba mortale verso di loro colpendo Sonia direttamente al collo. Questo cade al suolo, morto sul colpo.

Robert è paralizzato dalla sorpresa e dall'orrore nel vedere il suo amico cadere morto, permettendo a Monica di lanciargli un altro calcio questa volta nei genitali con una forza così sovrumana che Robert emette un urlo disumano di dolore e se lo massaggia. pavimento.

"Questo per far sì che le tue uova smettano di funzionare per sempre, fottuto sadico"

E con un rapido movimento sale sull'elicottero, già in corso, dietro il membro 231 che ha spinto all'interno.

"Beh, puoi immaginare cosa voglio, quindi ordinalo!"

"Pilota, andiamo in terraferma"

L'elicottero inizia a salire permettendo a Monica di riprendere fiato, si era accorta di trattenere il fiato da molto tempo, e comincia a vedere che stava uscendo da quell'inferno.

Quando l'elicottero è già sul mare a poche miglia dall'isola, Monica, Fantastic Girl, si rivolge al Socio 231 ...

"Puttana, è stato un piacere conoscerti ..."

E lo getta in mare ...

IL GIOCO DELLA SVESTIZIONE

Paul ed io eravamo andati a una festa data da suoi amici.

Non conosceva quasi nessuno, ma sembravano un bel gruppo.

Paul si è scusato e ha iniziato a parlare con alcuni compagni di squadra che non vedeva dalla fine della gara, quindi sono rimasto solo.

Mi versai un po 'di sangria e cominciai a bere con calma, cercando qualcuno che conoscevo.

Tutti erano impegnati a parlare con qualcuno e lui non voleva interrompere nessuna conversazione.

All'improvviso, ho visto un paio di persone scivolare attraverso la porta in fondo alla stanza.

In poco tempo entrarono anche altre tre persone.

Poi ancora uno.

Era troppo per la mia curiosità, quindi ho deciso di vedere cosa stava succedendo lì dentro.

Ho aperto la porta e ho visto un folto gruppo di persone guardare verso il centro della stanza.

Mi sono alzato in punta di piedi per vedere cosa stavano guardando e ho scoperto un ragazzo sui vent'anni seduto su un tavolo con una scatola piena di cartoncini in mano.

La gente rideva incessantemente e questo ha stuzzicato ancora di più la mia curiosità.

Ho deciso di chiedere a qualcuno di scoprirlo.

Ho dato un colpetto sulla spalla a una ragazza di fronte a me.

"Ehi, scusa. Cos'è tutto questo? Chiesi, alzando la voce al di sopra delle risate.

"Stiamo giocando" Hai il coraggio? " "Mi ha risposto" Vuoi giocare?

"Non so giocare" ho detto.

"Non importa, te lo spiego subito", esclamò, vedrai com'è facile. Quando arriva il tuo turno devi scegliere una carta dalla scatola che porta il "moderatore" del gioco, che è il ragazzo sul tavolo. C'è una "sfida" scritta sulla carta che devi affrontare. Se decidi di non ottemperare, devi pagare un impegno. Devi toglierti dei vestiti.

" Capisco. Ecco perché c'è quello lì senza maglietta "dissi indicando un uomo che rideva. "

"Questo è tutto" ha risposto "È che suoniamo da un po '. Oltre a ciò ci sono altri che hanno già pagato un pegno. Quella ragazza è già in mutandine e ho dovuto togliermi le scarpe ".

Ho guardato i suoi piedi e ho visto che diceva la verità.

Sorrisi, lo ringraziai e uscii dalla stanza.

Ho cercato Paul per chiedergli se voleva entrare e giocare con me.

"No tesoro" rispose "Vedi se vuoi, sto parlando con degli amici dell'università."

Sono entrato da solo.

Mi hanno detto che per entrare nel gioco dovevo prima dirlo al moderatore.

L'ho fatto e quando è stato il mio turno ho tirato fuori una carta.

"Con una benda sugli occhi, bacia tre membri del sesso opposto e poi indovina chi è chi."

Hanno scelto tre uomini e mi hanno bendato gli occhi.

Il primo sembrava che volesse raggiungere le mie tonsille con la lingua.

Il secondo ha usato meno la lingua, ma ha passato quasi un minuto a massaggiarmi il culo mentre mi baciava.

Anche il terzo ha usato molto la lingua e non solo mi ha massaggiato il culo, ma mi ha anche accarezzato le tette.

Li ho lasciati fare perché se avessi fermato qualcuno di loro mi avrebbero eliminato.

Mi sono tolto la benda e ho colpito tutti e tre, uno per la barba e gli altri due per l'altezza.

Quando è stato di nuovo il mio turno, c'era già una donna in reggiseno e mutandine e un uomo in mutande.

Ho preso una nuova carta.

"Dovrai mostrare la tua biancheria intima a chi può abbinare il suo colore. Tre persone possono testare."

Che sfortuna! Indossava un reggicalze e mutandine nere abbinate.

Sicuramente qualcuno penserebbe di dire quel colore.

Ma la cosa peggiore era che le mutandine erano trasparenti e potevo vedere tutto attraverso di esse.

Perché non avrei indossato le mutandine bordeaux?

Hanno scelto altri tre uomini.

Il primo ha detto che non indossava nulla.

Ho riso e gli ho detto che aveva fallito.

Il secondo ha detto che era nero.

Bingo! Hai capito bene!

Gli ho detto di voltarsi e di sollevare il mio vestito in modo che solo lui potesse vederla.

Vedendomi, fischiò con gratitudine.

Il moderatore del gioco ha detto che da quando avevo perso ho dovuto togliere qualche indumento.

Con un gesto sensuale ho messo le mani sotto la gonna, ho abbassato le mutandine e le ho appese alla gruccia con il resto dei vestiti che gli altri si erano già tolti.

Al turno successivo, due uomini hanno perso i pantaloni e una donna il reggiseno, e due persone hanno lasciato il gioco con solo dieci persone rimaste.

La donna in topless ha ricordato al gruppo che non avevo fatto lo stesso numero di test del resto delle persone e ha suggerito che avrei due test extra per mettermi sullo stesso livello degli altri.

La gente ha ignorato le mie proteste e rapidamente ha votato per darmi due test extra di seguito.

Ho tirato fuori la prima carta.

"Togliti il reggiseno senza aprire nessun bottone sul vestito o sulla camicetta."

Quando il mio reggiseno si è aperto sul davanti, l'ho aperto senza problemi e ho passato un lato sotto ciascuna delle mie braccia.

Nel frattempo, tutti mi fissavano e ho sentito alcune persone commentare che tutto era trasparente per me.

Il moderatore ha detto che una delle regole del gioco vietava di indossare nuovamente qualsiasi indumento.

Ho preso una nuova carta.

"Scegli tre persone dello stesso sesso con il gioco di paglia. Un bacio alla francese che dura almeno un minuto."

Ho rotto tre fiammiferi, li ho mescolati con pochi altri e li ho passati in giro in modo che ogni donna potesse sceglierne uno.

Colui che ha ottenuto uno dei tre fiammiferi rotti avrebbe un premio.

Joanna, una ragazza dai capelli rossi sulla ventina, un corpo dalle curve perfette e un po 'più bassa di me, è stata la prima a tirarne fuori uno.

Rise e disse che era sempre stato bravo in quel gioco.

Mi ha fatto sedere in ginocchio e il moderatore mi ha ricordato che se avessi interrotto il bacio avrei perso la sfida.

Joanna iniziò a baciarmi con grande determinazione e, sapendo che non avevo niente sotto i vestiti, prima mi accarezzò il seno e poi fece scivolare una mano sotto la mia gonna, lasciandola appena sopra il mio pube, giocando con il mio clitoride.

Ho sopportato il bacio, ma non potevo continuare a sedermi con quelle mani esperte sul mio clitoride.

Sapientemente, mi ha fatto raggiungere un orgasmo, mentre io mi dimenavo in ginocchio.

Quando ho interrotto il bacio, il gruppo ha applaudito e ho visto che erano passati sei minuti.

Joanna ha tenuto ancora la sua mano sulla mia figa palpitante per un momento e poi mi sono alzata.

Tuttavia, non ha smesso di premere su di lui fino a quando non ho fatto alcuni passi.

Il mio respiro era veloce e ho iniziato ad aspettare che tornasse il mio turno.

Un uomo ha perso i suoi boxer rivelando un grosso cazzo duro.

Una seconda donna ha perso il reggiseno.

La donna che non aveva più il reggiseno ha perso la gonna, senza lasciare nulla.

Mi chiedevo cosa sarebbe successo se avessero perso di nuovo.

Paul ha scelto questo momento per entrare nella stanza.

Il moderatore gli ha chiesto se voleva restare.

Ha dato un'occhiata alle tette delle due donne e non ha esitato a dire di sì.

Gli dissero che doveva accettare cinque sfide se voleva restare.

Ha tirato fuori la sua prima carta.

"Con una benda sugli occhi, bacia tre membri del sesso opposto e poi indovina chi è chi."

Io ero la seconda e Joanna la terza.

Ho massaggiato Paul come aveva fatto la prima donna, massaggiandogli il cazzo attraverso i pantaloni.

Joanna ha fatto meglio, abbassando la patta e allungando una mano all'interno.

Paul non mi ha colpito (pensava che fossi il numero uno).

Ha perso quattro dei cinque indumenti rimanendo lì nei suoi boxer, con un'erezione tremenda che lottava per liberarsi.

Il moderatore ha annunciato che le cose erano andate abbastanza lontano e che era ora di pescare le carte più forti.

Ho preso il primo.

Mi hanno bendato e mi hanno messo tre cazzi nelle mani.

Doveva indovinare a chi appartenevano ciascuno.

Incredibilmente non sono riuscito a distinguere quello di Paul dagli altri.

Con tutte le persone nella stanza che guardavano, mi tolsi la camicetta.

La donna che era già nuda dal round precedente ha perso la sua sfida e tutti gli uomini hanno tirato una cannuccia.

Il moderatore ha detto alla donna che avrebbe dovuto sedersi sul cazzo di colui che ha tirato la cannuccia più corta per almeno cinque minuti.

L'ho guardata sedersi in cima al vincitore mentre lui infilava con cautela il suo cazzo nel suo buco gocciolante, chiedendosi se la mia punizione sarebbe stata la stessa se fossi rimasto nudo.

Il moderatore ha iniziato a contare il tempo.

Ha cercato di comportarsi come niente, come se non muovendosi volesse convincerci che non si stava scopando lì in mezzo a tutti, ma i movimenti lenti con cui l'uomo l'ha penetrata hanno iniziato, dopo circa tre minuti, a farlo. reagire.

Stava cominciando a entrare nel merito quando il moderatore ha detto che il tempo era scaduto e l'ha fatta alzare, cosa che ha rifiutato, stringendosi forte al proprietario del cazzo che le stava dando tanto piacere.

Abbiamo riso tutti a quella reazione divertita, mentre Joanna e il moderatore hanno cercato di rimuovere quel membro eretto dalla sua fica affamata.

Ci sono riusciti a malapena.

Il prossimo ero io.

"Guarda le tette di tre donne e poi, bendate, identificale toccandole solo con la lingua."

Joanna si offrì rapidamente come volontaria così come altre due donne.

Ho guardato le loro tette, misurandone le dimensioni e i lineamenti, e poi mi hanno bendato.

La mia lingua, a turno, esplorava ciascuna delle tette.

Mi è venuto in mente che se li avessi leccati avidamente avrebbero finito per emettere un suono di piacere che mi avrebbe aiutato a sapere chi era ciascuno.

Il secondo rimase in silenzio finché i miei denti non le sfiorarono il capezzolo e lei non poté fare a meno di un gemito di piacere.

Il terzo gemette alla prima leccata.

Ho detto che Joanna era la prima, e poi chi pensava che fossero le altre due.

Ho capito bene.

Credevo già che la sfida fosse passata quando il moderatore ha detto che doveva scontare una punizione.

Si era reso conto di aver usato i denti su uno di loro.

Mi ha detto di togliermi la gonna.

Stava per dire di continuare a spogliarmi, ma si è fermato quando ha visto il mio reggicalze rosso e nero.

Mi ha detto che potevo continuare con la mia gonna, ma che d'ora in poi avrei dovuto scontare gli stessi rigori dei giocatori che erano già nudi.

Ha raggiunto la scatola della punizione e ha tirato fuori una carta.

Non me l'ha mostrato, ma l'ha fatto leggere alle tre donne rimanenti.

Mi si sono avvicinati, mi hanno circondato lentamente e mi hanno portato a letto.

Joanna ci si sedette e gli altri due mi misero in ginocchio.

La donna il cui capezzolo era stato morso si è posizionata vicino alla mia testa in modo che il mio viso si appoggiasse sulla sua figa.

Mi ha tenuto le braccia in modo che non potessi muovermi.

L'altro mi ha tenuto le gambe e ha iniziato a giocare con la mia figa.

«Hai visto quanto è bagnata, Joanna? "L'ho sentito dire.

Nel frattempo, ha iniziato a toccarmi il clitoride con un dito ed esplorare il mio interno con un altro allo stesso tempo.

Involontariamente i miei fianchi iniziarono a dimenarsi sulle ginocchia di Joanna.

All'improvviso, mi ha colpito duramente.

Non mi sono lamentato, perché avevo paura di perdere la punizione.

Mi ha colpito ancora un paio di volte e alla fine si è fermato.

"Quanti sono stati? "Mi chiedo.

"Non lo so" risposi spaventato.

"Allora si ricomincia" ha detto.

Joanna continuava a frustarmi forte mentre la mia figa veniva esplorata dall'altra ragazza.

Questa volta ho guardato contare le sculacciate.

A vent'anni si fermò e guardò la donna che mi teneva le braccia.

"Ha già iniziato a leccarti? Chiese.

"Non rispondo.

"Ricominceremo" esclamò Joanna.

Ho subito seppellito la faccia in quella figa che apparteneva a una donna che, come forse avrete già capito, non conosceva nemmeno il suo nome.

Joanna continuava a colpirmi sempre più forte.

Alla fine si fermò.

Questa volta avevo contato 23 frustate, anche se temevo di averne perse alcune.

"Quanti sono stati? Mi ha chiesto di nuovo.

"Venticinque" ho detto per essere sicuro.

"No, dovrai fare di meglio" disse Joanna "Ricominceremo.

Il resto della gente applaudiva e applaudiva incessantemente, ma non io ma i miei aguzzini.

Ho anche sentito Paul congratularsi con Joanna per lo spettacolo che mi stava facendo mettere in scena.

Durante tutto quel tempo, le mani che giocavano con la mia figa non avevano rallentato di una virgola.

Avevo già perso il conto dei miei orgasmi (erano stati almeno cinque) e, a giudicare dal numero di volte in cui la donna che stavo mangiando la sua figa mi aveva afferrato la testa, ne aveva avuti almeno tre.

Joanna fermò ancora una volta i suoi colpi.

"Quanti sono stati? "Mi chiedo.

"Venticinque" ho detto di nuovo, preparandomi per un nuovo thrashing.

"Giusto" ha detto senza ulteriori indugi.

Poi, rivolgendosi alla donna nella mia testa, ha chiesto:

"Virginia, ti ha soddisfatto?

"Al momento sì" la sentii rispondere "A meno che non cresca un cazzo ..."

"E tu, Julia? Ha chiesto a quello che stava esplorando la mia figa.

"Sì" rispose con il respiro affannoso "Per me va bene così."

Ho iniziato ad alzarmi, ma Joanna mi ha fermato e mi ha fatto sdraiare.

"Possono essere fatti, ma non" me l'avevo detto ". Ora devi contare i prossimi dieci colpi in modo che tutti in questa stanza possano sentirti. Poi bacerai me, le fighe di Virginia e Julia per ringraziarti di quanto ti sei divertito con noi ".

Ho accettato.

Gli ci è voluto più di un minuto per picchiarmi tutte e dieci le volte.

Poi ho baciato la fica di Virginia senza nemmeno alzarmi e l'ho ringraziata.

Mi alzai e baciai la fica di Julia e la ringraziai, salvando Joanna per ultima.

La leccata di fica che le ho dedicato è durata circa tre minuti, finché finalmente l'ho sentita venire.

Poi l'ho anche ringraziato.

Mentre lo faceva, mi sono reso conto che intendeva quello che stava dicendo.

L'esperienza era stata molto gratificante.

Adesso era il turno di Paul ...

Paul ha scelto una carta di sfida e ho potuto dire dall'espressione sul suo viso che non aveva ottenuto ciò che si aspettava.

"Usando solo la bocca e bendato, identifica i cazzi di tre uomini."

"Non ho intenzione di farlo" ha detto, rivolgendosi a me.

"Aspetta un attimo" risposi un po 'infastidito "Ti sei divertito molto a guardare come stavo cavalcando con tre donne e ora non vuoi farlo. Penso che tu sia ingiusto. "

"Ma, è quello ..." iniziò a dire "È che sono ... cazzi !!"

"Dai" dissi vedendo che già lo stavo convincendo "Se lo fai non ti succederà niente, non ti farà male. Inoltre, pensa alla punizione che il moderatore ti darà se rifiuti. "

Non sono sicuro di quale dei miei argomenti sia finalmente riuscito a convincerlo, il punto è che, dopo averci pensato ancora un attimo, ha annunciato che ci avrebbe provato.

Ho guardato da vicino i tre cazzi esposti davanti a Paul.

Era bendato e tremava dalla testa ai piedi.

Ho provato a tirarlo su di morale dicendogli che questo mi stava eccitando tremendamente, il che era completamente vero.

Alla fine prese una decisione e iniziò ad accettare la sfida.

Alla fine non è stato così male, è finito in meno di un minuto e ne ha centrato uno solo.

Il moderatore mi ha chiesto di aiutarlo a scegliere la punizione.

Con gli occhi ancora bendati, lo fecero sedere sul bordo del letto.

Le donne ancora nella stanza si spogliarono.

Da quel momento in poi, gli abiti non sarebbero più serviti come punizione.

Ognuno di loro si è seduto sul suo cazzo duro per un minuto esatto.

Ero il quarto e Paul mi ha riconosciuto dalle calze che indossavo ancora o forse da qualcos'altro.

Mi pregò di restare ancora un po ', abbastanza a lungo da venire.

Gli ho dato un bacio che gli ha sbloccato la gola e mi sono seduto su di lui per qualche altro istante mentre i suoi fianchi mi spingevano ancora e ancora, cercando di raggiungere rapidamente l'orgasmo.

Non l'ho permesso.

Alla fine della giornata era una punizione, quindi mi alzai lasciandolo a metà strada.

Joanna è stata l'ultima a inserire il suo cazzo.

Lo eccitò senza pietà e lo lasciò anche prima che venisse.

"Se hai bisogno che scelga un'altra punizione, non esitare a consultarmi" proponei al moderatore, mentre Paolo si alzava e si toglieva la benda, esausto.

"Non preoccuparti" mi sorrise "D'ora in poi sceglieremo tra loro due".

Ho visto Joanna prendere la prossima carta.

Lo lesse a se stesso e sembrava divertente.

Gli abbiamo chiesto di leggerlo ad alta voce e lo ha fatto.

"Scegli tre uomini e tocca i loro cazzi. Poi, bendato, siediti su di loro e identifica i loro proprietari."

Ha camminato su e giù per la stanza e ha scelto due uomini, stranamente, quelli con i cazzi più grandi.

Quando raggiunse Paul, si fermò davanti a lui e gli prese delicatamente il cazzo.

Paul fece un passo avanti, felice perché ora avrebbe avuto la possibilità di finire quello che prima non gli avevamo lasciato.

Ma Joanna la lasciò andare, sorridendo crudelmente.

"Per ora ne hai abbastanza" ha detto "Se sei bravo, forse ti sceglierò per un'altra partita".

E lei si allontanò da lui, lasciandolo con un cazzo duro e un cipiglio deluso sul viso.

Non ho potuto fare a meno di sorridere.

Gli è servito bene.

Joanna ha scelto il terzo e lo ha portato con gli altri due.

Ha toccato ciascuno dei cazzi finché non sono stati duri e quando ha finito è stata bendata.

Poi si è impalato su ciascuno di loro, senza dare a nessuno dei tre la possibilità di venire.

È venuta forte con il terzo cazzo.

Incomprensibilmente, nessuno di loro aveva ragione.

Ci siamo resi conto tutti che avevo fallito apposta, anche il moderatore che mi ha chiamato per deliberare.

Alla fine, abbiamo trovato una punizione in base alla personalità di Joanna, anche se in fondo sapevamo tutti che più che una punizione, era un regalo per lei.

Abbiamo legato Joanna al letto a faccia in giù, in modo che la sua vita fosse piegata sul bordo, lasciandola in ginocchio con il culo esposto a tutti noi.

La punizione consisterebbe in ogni uomo che la scopa da dietro per un minuto esatto.

Sarei al suo fianco per presentarle ciascuno dei cazzi.

Il moderatore richiederebbe tempo.

Un suo gesto sarebbe stato il segnale che il tempo era scaduto e che avrebbero dovuto rimuovere il suo cazzo.

Se rifiutassero, sarò io a rimuoverlo con la forza (prendendoli per le uova se necessario).

Sono andato da Paul e gli ho detto qualcosa all'orecchio.

Poi ho preso il mio posto.

Ho afferrato il primo dei sei cazzi che stavano per entrare nel buco di Joanna con entrambe le mani.

"La punta è un po 'secca" ho mentito, perché tutto questo mi stava facendo arrapare di più "Penso che dovrò inumidirla con la lingua".

L'ho fatto, ricreando più del necessario, il che mi è valso un rimprovero da parte del moderatore.

Quindi, l'ho introdotto abilmente.

Proprio quando Joanna ha iniziato a muoversi in tempo con il suo partner, il moderatore mi ha dato il segnale di fermarmi.

Ho afferrato il suo cazzo delicatamente e l'ho tirato fuori velocemente.

Ho anche inumidito il secondo con la mia bocca calda, poiché, come ho detto, era "necessario".

Quando l'ho inserito, il suo cazzo ha iniziato a muoversi dentro e fuori alla velocità della luce.

Nonostante ciò, l'ho tirata fuori prima che potesse ottenere una qualsiasi soddisfazione.

Il terzo e il quarto sono passati allo stesso modo.

Il moderatore è stato il quinto.

Ho guardato il suo cazzo e ho scosso lentamente la testa.

"Penso che dovrò bagnare anche questo cazzo" dissi maliziosamente.

Me lo misi in bocca e cominciai a leccarlo e succhiarlo come se non ci fosse nessun altro nella stanza.

Ci ho dedicato più tempo che a qualsiasi altro.

Alla fine, mi ha fermato con la mano.

"Penso che abbastanza sia abbastanza" disse, ansimando per l'eccitazione.

"Sei sicuro di volermi fermare? Chiesi sensualmente.

"Per ora sì" mi disse "più tardi potrei lasciarti continuare.

Il moderatore è stato esattamente un minuto ed è stato quello che si è avvicinato di più al cumming, a causa dell'eccitazione che il mio mangiare il cazzo gli aveva causato.

Paul è stato l'ultimo.

Joanna aveva spinto forte i fianchi contro gli ultimi due cazzi, cercando di raggiungere l'orgasmo, ma senza riuscirci.

Ho deciso che l'avrei fatta soffrire ancora un po 'prima dell'ultimo attacco.

Ho aperto lentamente le labbra della sua figa con la scusa che in questo modo il cazzo sarebbe entrato più facilmente.

Joanna rabbrividì di piacere.

Poi il mio dito è scivolato su tutto il clitoride, eccitandola ancora di più.

Ho pensato che abbastanza fosse abbastanza e ho lasciato che Paul si avvicinasse.

L'ha spinta dentro, poiché la figa di Joanna era più che lubrificata.

Iniziò a dargli potenti spinte come gli altri avevano fatto, ma dopo il quarto glielo tolsi di dosso e glielo feci spingere su per il culo.

Proprio alla fine del minuto di rigore, il moderatore mi ha dato il segnale di rimuoverlo.

Joanna ha spinto indietro con i fianchi per cercare di mantenere il membro gonfio in posizione, ma non ha avuto successo.

Il moderatore mi fissò.

"Adesso voteremo per decidere la punizione che ti imponiamo" mi ha detto, parlando ad alta voce in modo che il mondo intero possa sentirlo.

"Punizione? Per me? Ma perché? Dissi incredulo.

"Per aver cambiato le regole del gioco precedente" ha risposto "I cazzi potevano entrare solo nella sua figa e non nel suo culo. Inoltre non ti era permesso mangiare tutti i cazzi senza il mio permesso ".

Nessuno ha votato contro.

Nel frattempo, ho visto Joanna rotolare sulla schiena, la sua mano che galleggiava lentamente sul suo clitoride affamato.

La gente era giunta a una decisione.

"Ti benda gli occhi e poi faremo tutti quello che vogliamo senza che tu sappia chi ha fatto cosa" ha esclamato il moderatore, sorridendo.

All'improvviso, qualcuno mi ha bendato gli occhi e diverse mani mi hanno spinto sul letto.

Un secondo dopo, un cazzo è entrato nella mia bocca e ho cominciato a succhiarlo avidamente.

Un secondo cazzo ha scavato nella mia fica gocciolante, ma dopo quattro spinte è uscito.

Poi, mi sono sentito come se qualcuno mi avesse separato le natiche e subito dopo un altro cazzo (o forse lo stesso) mi è entrato nel culo con una sola spinta.

Avrei voluto urlare ma il cazzo che mi aveva seppellito in bocca mi ha fermato.

Mi misero lentamente su un fianco, in modo che né i cazzi che mi stavano scopando né le due bocche che stavano iniziando a succhiarmi le tette si allontanassero dai loro bersagli.

Ho notato che almeno uno di loro era di una donna perché la sua pelle del viso era molto morbida, senza traccia di barba.

Diverse persone si sono affollate intorno al mio sesso e hanno cercato di penetrarmi.

Dopo una leggera lotta, uno di loro è riuscito.

Tale era la lotta che si era formata tra le persone tra le mie gambe, che mi sentivo come se diverse persone mi stessero scopando contemporaneamente.

Era come se tutte le persone mi avessero sopraffatto.

Il cazzo nella mia bocca entrava e usciva da lei senza sosta, mentre il cazzo nella mia figa continuava a pompare, ma con qualche difficoltà.

Quello sul mio culo mi penetrava ancora, ma sembrava che la maggior parte degli stimoli del suo proprietario provenisse dai miei sforzi per contrastare le spinte di tutti gli altri.

Apparentemente le due persone che mi stavano succhiando le tette avevano deciso di eccitarmi e stimolarmi il più possibile.

La verità è che ero contento di essere stato bendato, così potevo concentrarmi completamente su quello che mi stavano facendo.

Vedere cosa stava succedendo sarebbe servito solo come distrazione.

Una delle ragazze mi ha preso la mano, l'ha messa sulla sua figa e ha iniziato a strofinarsi con le mie dita, usandole per masturbarsi.

Era così confusa da tutto ciò che non poteva reagire.

Era come se fossi diventato un oggetto, come se fossi stato privato della mia volontà.

Il cazzo nella mia bocca iniziò a pulsare.

Pochi secondi dopo, un getto di latte mi salì in gola.

Ho provato a ingoiarlo tutto, ma alcuni mi sono caduti lungo la guancia.

Prima che potessi riprendermi, hanno messo una fica al suo posto, che ho iniziato a leccare senza indugio.

A quanto pare i due che mi stavano scopando la figa e il culo avevano trovato un ritmo comune.

Con le loro spinte mi hanno fatto venire.

Ero nel mezzo del mio secondo orgasmo, quando ho sentito un urlo e l'uomo che stava guidando la mia figa è venuto.

Poi, mentre si ritirava lentamente, ho sentito il suo sperma iniziare a fluire lentamente dal mio buco.

Il suo partner, completamente dedito al mio culo, continuava a pompare ancora più forte.

Una faccia apparve sulla mia figa e iniziò a leccarla appassionatamente.

La sensazione di essere fottuto nel culo mentre qualcun altro mi stava leccando la fica era nuova per me.

Ho ricominciato a venire.

Qualcuno ha iniziato a tirarmi i capelli.

Nonostante la difficoltà, ho cercato di continuare a soddisfare le richieste della fica che avevo sul viso.

Un nuovo cazzo è apparso nella mia mano e ho iniziato a muoverlo su e giù.

Una delle bocche che avevo sui capezzoli scomparve, prendendo il suo posto un paio di mani forti che iniziarono a strofinarmi le tette, impastandole come se fossero pasta di pane.

"Penso che questa ragazza voglia essere sculacciata un paio di volte" disse una voce alla mia destra che non riuscivo a capire di chi fosse.

La fica che stavo succhiando si premette ancora più vicino alla mia faccia.

L'ho leccato meglio che potevo.

Le sue cosce mi hanno schiacciato la testa quando ho raggiunto l'orgasmo.

Rapidamente un nuovo cazzo lo ha sostituito e si è fatto strada nella mia bocca.

Ho immaginato una fila di persone in coda a ciascuna delle mie attrazioni, in attesa del loro turno.

Mi sono reso conto di aver perso ogni connessione tra quegli organi sessuali e le persone a cui erano attaccati.

La benda mi aveva portato via tutto tranne la mia capacità di sentire cosa stava succedendo.

Ho dovuto ammettere che dal momento in cui sono entrato in quella stanza, avevo segretamente sperato che qualcosa del genere potesse accadere.

La verità era che, da quando Joanna aveva suscitato per la prima volta il mio clitoride con le sue dita, era stata in uno stato di eccitazione costante.

Apparentemente l'uomo che mi stava scopando aveva finalmente raggiunto il punto di non ritorno.

Mi ha afferrato i fianchi e ha preso il comando dei miei movimenti.

Pochi secondi dopo, ho sentito come grandi getti di sperma venivano lanciati dal suo cazzo nelle mie viscere.

Poi si è sdraiato accanto a me e ho sentito il suo cazzo ammorbidirsi, uscire lentamente dal mio culo.

Immediatamente dopo, se n'era andato, lasciando libera la mia parte posteriore.

La bocca della mia tetta destra è stata sostituita da un'altra mano forte. Ora le mie tette venivano massaggiate come una squadra.

All'improvviso una delle mani scomparve.

Pochi secondi dopo ho notato qualcosa nel mio petto, nella valle formata dalle mie due tette.

Era una mano, una mano imbrattata di una sorta di lubrificante.

Ha esaminato le mie tette più e più volte, spalmandole con quel liquido viscido.

Qualcuno mi è salito sulla pancia, si è arrampicato sul mio corpo e ha messo un cazzo duro tra le mie tette lubrificate.

Le sue mani hanno unito i miei seni, trasformandoli in una fica pronta per essere scopata.

I fianchi dell'uomo iniziarono a muoversi avanti e indietro a una velocità folle.

Il cazzo nella mia bocca è scomparso senza sparare il suo carico in gola e il cazzo nella mia mano è stato sostituito da una fica infuocata.

Qualcuno mi ha baciato sulla bocca, credo una donna, facendomi scivolare la lingua in gola.

Potevo sentire lo sperma gocciolare dal mio culo e dalla mia figa.

Il cazzo che mi stava scopando le tette ha aumentato la sua velocità.

Qualcuno mi ha sollevato le gambe, esponendo la mia figa.

Mi hanno frustato forte nel culo dieci volte, mentre una mano ha preso posto sulla mia figa, masturbandomi.

Il cazzo sul mio petto ha cominciato a sputare sperma con forza.

Mi ha colpito in faccia e poi è caduto gocciolando via da lei.

Doveva anche aver raggiunto la donna che mi stava baciando, ma questo non gli ha impedito di ficcarmi la lingua dentro per un solo secondo.

Il membro già flaccido si allontanò dalle mie tette.

Anche la bocca che si baciava si allontanò, così come il dito dal mio clitoride.

Per un momento rimasi sdraiato lì, esausto.

Un minuto dopo, la benda è stata rimossa.

Mi hanno dato un asciugamano e mi sono asciugato delicatamente mentre guardavo il gruppo riunito.

Tra loro c'era Paul, il mio ragazzo, che aveva anche partecipato.

Ho capito che non l'avevo riconosciuto tra tutte quelle persone che mi davano piacere senza sosta.

"Ora ringrazierai ognuno di noi per averti offerto un momento così piacevole" mi ha detto il moderatore "Ma lo farai in un modo molto speciale".

Pochi istanti dopo stava baciando ciascuna delle fighe delle donne.

Quindi, ho messo in bocca ciascuno dei cazzi degli uomini, ringraziando ciascuno di loro.

Proprio in quel momento la porta si aprì.

" Dove sono tutti? "Disse il nuovo arrivato" Dannazione, penso di aver sbagliato stanza! "

DONNA LATINA SOTTOMESSA

143

Juliet ha ricevuto ulteriori istruzioni in una lettera.

Era una busta bianca con "Riservato" scritto in grassetto.

Le gambe di Juliet iniziarono a vacillare prima che potesse aprire la busta.

Ricordava di aver parlato con Paul la scorsa notte.

Quale sarà il tuo prossimo piano audace?

Dalla loro relazione negli ultimi mesi, stava acquisendo nuove intuizioni su se stessa e sulla sua sessualità.

Prima che Paul fosse presentato, pensava di sapere molto sul sesso.

Ma dalla sua relazione con Paul, aveva iniziato a fare molte cose che non aveva mai immaginato prima.

Aveva dimenticato molte delle sue idee sbagliate su se stessa.

Prima di incontrare Paul, pensava di essere completamente soddisfatta del sesso.

Ma presto si rese conto di non essere soddisfatta di quello che stava facendo.

L'aveva bendata durante il loro secondo appuntamento.

Julieta non avrebbe mai immaginato quanto sensibile può diventare il nostro corpo quando non possiamo vedere.

Ogni arto era asintomatico al tatto, ed era sopraffatta dalla curiosità di sapere quale punto sarebbe stato toccato successivamente sul suo corpo.

Sentiva che ogni tocco del suo corpo sarebbe dovuto durare per sempre e stava lottando per godersi ogni tocco.

La volta successiva, Paul si legò le membra al letto.

Sentire di essere impotenti emotivamente, quando vediamo il nostro corpo nudo, il nostro partner che si diverte, e non possiamo fare nulla, non possiamo resistere, non possiamo evitare nulla noi stessi, questa sensazione è molto diversa.

Stai usando il suo bellissimo corpo giovanile come preferisci, davanti ai tuoi occhi ... e vuoi solo sentire cosa ti farà.

Sensazioni miste di impotenza ed eccitazione.

Giocavano costantemente a questi nuovi giochi e lei godeva appieno di tutti quei giochi, apprezzando la creatività di Paul.

È interessante notare che Juliet, che credeva che la sua natura fosse aggressiva e prepotente, si arrendeva facilmente a Paul nel gioco del romanticismo.

Non solo, amava donarsi completamente, dargli il suo corpo, fare quello che avrebbe fatto, fare quello che le aveva detto di fare.

Cominciava a sentire che qualcuno avrebbe dovuto dominarla, farle fare qualsiasi cosa.

Questo cambiamento nella sua natura l'aveva colta di sorpresa.

La scorsa notte, Paul aveva detto che l'audacia di domani sarebbe stata il culmine della partita fino a quel momento.

"Senti tutto quello che dico, vero?" Aveva chiesto.

La sottomissione le era arrivata solo chiedendo.

"Sì, Signore, farò quello che mi dici", rispose con calma.

Poteva parlare a voce molto bassa, ma questa scoperta è iniziata solo quando ha incontrato Paul.

"Ebbene, domani riceverai una lettera nel tuo ufficio. Quella lettera conterrà ulteriori istruzioni per te."

... e ora aveva davvero quella lettera in mano!

Con mani tremanti, ha rotto il sigillo sulla lettera.

Cosa ci sarebbe scritto sopra?

Quale sarà il prossimo audace piano di Paolo?

Cosa dovrei fare per lui oggi?

Un po 'spaventata, un po' imbarazzata anche lei, iniziò a tirare fuori il foglio bianco dentro la busta, ecco e leggere ...

"Schiavo

1. Preparati per la nostra partita di stasera alle otto, sii coraggioso.

2. Dovresti vestirti in questo modo: pantaloni rossi morbidi, camicetta abbinata, reggiseno-mutandine abbinato, orecchini d'oro nelle orecchie, cintura d'argento e scarpe col tacco alto.

3. Una Mercedes verrà a prenderti alle otto. L'autista saprà dove andare. Ti darà ulteriori istruzioni in seguito. Proprio come ora segui le mie istruzioni, devi anche seguire le sue istruzioni di notte.

4. Inoltre, non prenderete nient'altro poiché non ne avrete bisogno. Non hai bisogno di una borsa o altro. "

Il petto di Julieta pulsava di eccitazione finché non finì di leggere le istruzioni.

Eccitata da quello che sarebbe successo oggi, ha cominciato a bagnarsi.

Paul, un codice di abbigliamento, otto di sera, autista Mercedes ... niente di più.

È sempre riuscito a distrarla al lavoro.

Un po 'di paura, un po' di eccitazione, un po 'di divertimento, molta curiosità ...

Fino ad ora, per quanto audaci fossero i loro giochi, erano stati giocati in luoghi "privati".

A volte a casa di Giulietta, a volte a casa di Paul e una volta in albergo.

Ma si sarebbe arresa a Paul da sola ... ma oggi avrebbe incontrato una terza persona, l'autista di quella Mercedes!

Paul ha dato all'autista alcune coraggiose istruzioni?

Paul ha detto, devi obbedire a tutto ciò che dice l'autista ...

Cosa succede se l'autista le chiede di togliersi i vestiti in macchina?

O se le chiede di baciarlo seduto in macchina?

O se lo inclini durante la guida ... ??? oh Dio

Perché ha confessato tutto questo a Paul?

Ha commesso un errore fidandosi così tanto di lui?

Da un lato, con tali dubbi in mente, credeva anche che Paolo non avrebbe permesso che si presentasse alcuna situazione che l'avrebbe messa in pericolo.

Sorrise a se stessa, rendendosi conto che l'idea dell'autista che la costringeva a spogliarsi era tanto terrificante quanto eccitante.

Alle otto Juliet si era vestita e svestita tre volte.

All'inizio indossava pantaloni rossi, ma non erano morbidi.

Sto bene così, perché dovrei prestare così tanta attenzione a lui ...

Mentre diceva questo, senza rendersene conto, si era tolto i pantaloni e aveva cercato un rosso più tenue.

Poi ha iniziato a cercare gli orecchini d'oro.

Non aveva mai avuto la possibilità di indossare quegli orecchini come indossava jeans e maglietta, ma Paul aveva detto una o due volte che gli piacevano molto.

Stranamente, non si ricordava quando aveva detto a Paul che aveva una cintura d'argento.

Ma aveva scritto la stessa cosa nella sua lettera, quindi doveva saperlo, questo è certo.

Pur apprezzando mentalmente la sua intelligenza ...

... L'orologio ha battuto le otto e un'auto ha suonato il clacson sulla strada.

Julieta corse giù per le scale e guardò attraverso lo spioncino della porta d'ingresso.

Davanti al cancello c'era una lunga Mercedes nera.

Si tolse la borsa dalla spalla e la lanciò sul divano nell'ingresso, chiuse a chiave la porta d'ingresso, aprì il cancello e si avvicinò alla Mercedes.

L'autista in uniforme gli aprì la portiera sul retro.

L'autista era di mezza età e aveva un aspetto educato.

Si sedette all'interno, chiedendosi se lui le avrebbe già dato istruzioni.

l'autista molto educatamente chiuse la portiera, si sedette e avviò il motore.

Come previsto, guidare in una Mercedes è stato davvero comodo, ma a lui non sembrava importare.

Ora questo autista ti dirà cosa fare, come e se vuoi davvero obbedire a quello che dice ...

Molti di quei pensieri ribollivano nella sua mente.

La Mercedes sfrecciava per le strade trafficate della città.

A poco a poco il traffico circostante si fece meno intenso e si rese conto che avevano lasciato la città ed erano entrati nella zona industriale.

Le fabbriche e gli edifici per uffici su entrambi i lati della strada stretta non sembravano familiari.

All'improvviso, l'autista ha rallentato la Mercedes ed è entrato in un parcheggio che sembrava abbandonato.

Sebbene la velocità del veicolo fosse abbastanza lenta da entrare dalla strada principale, non era abbastanza lenta da leggere le lettere sul cartello fuori dal pacco.

All'interno della trama, Juliet vede la cabina di un Vigilante con una vecchia porta fatiscente.

L'autista fermò la macchina e scese.

Tornò e aprì la porta per Juliet.

Non appena lei scese, chiuse la porta, l'afferrò per il collo e la condusse alla cabina del Vigilante crollata.

Juliet non aveva ancora sentito la voce dell'autista.

Quella cabina di quattro piedi per quattro aveva un bancone nella parte anteriore.

Il giovane seduto al banco disse all'autista:

"Grazie amico, ci vediamo la prossima volta."

L'autista si limitò a sorridere e rapidamente si voltò e se ne andò.

Adesso Julieta era sola di fronte a quel giovane sconosciuto ma bello.

C'era della magia nel suo sorriso.

"Juliet, non ti chiami? Seguimi," ordinò il giovane.

Juliet lo seguì con attenzione.

I due entrarono in una stanza simile a un ufficio sul retro dell'edificio semidiroccato.

Nella stanza non c'era altro che un tavolo e delle sedie nell'angolo.

"Sei pronta per l'avventura unica di oggi, Juliet?" Ha chiesto facendo sul serio.

"Uhm? Forse ..." disse Juliet diventando un po 'nervosa.

"Bene," disse, sorridendo misteriosamente, "a tutti coloro che ti danno istruzioni stasera le seguirai attentamente. Senza alcun dubbio ... e senza chiedere a nessuno. Alcuni suggerimenti saranno strani o strani, ma credimi, tu sarà più felice. se segui le istruzioni. Allora fai quello che ti viene detto, senza vergogna, paura o paura. "

"Va bene. Cosa devo fare?" Juliet chiese con fermezza.

Guardando il corpo sexy di Juliet, ha detto:

"Ascolta allora. Prima togliti i vestiti."

"Tutti?" Juliet ha chiesto esitante.

"No," disse con un sorriso malizioso, "togliti tutto tranne le mutandine, gli orecchini, la cintura d'argento e i tacchi."

Juliet non sapeva se aveva ascoltato correttamente le istruzioni.

Gli aveva dato istruzioni con parole molto chiare e ad alta voce.

Tuttavia, Juliet sentiva di non essere stato in grado di dire niente di tutto ciò.

Anche dopo aver digerito il suo suggerimento con grande fatica, stava ancora aspettando che uscisse dalla stanza ...

Pensava di dover almeno voltargli le spalle.

Ovviamente, Juliet sapeva che si aspettava molto, ma comunque ...

In un impeto di rabbia, si abbassò i pantaloni, lasciando la cintura allacciata.

Ha sbottonato il primo bottone della camicetta e lo ha guardato per dimostrargli che non sei da meno in questa situazione.

Ma non appena ha notato che il suo sguardo scivolava verso il basso mentre tirava un altro pulsante, inavvertitamente si è guardata.

Era imbarazzata nel vedere il reggiseno rosa tenue e attillato che era chiaramente visibile dopo che due bottoni si erano staccati dalla parte superiore.

I suoi seni carnosi e morbidi che lottano per uscire da lui.

Eccitata, iniziò a respirare sempre più forte e il suo seno già paffuto sembrava gonfiarsi.

Senza perdere altro tempo, sbottonò tutti i bottoni mancanti della camicetta.

Non appena le tolse i pantaloni dai piedi, lei gli lanciò un'occhiata e si tolse la camicetta stretta con entrambe le mani.

Quindi, spingendoli indietro e ovviamente gonfiando ancora di più il suo grande e bellissimo petto, si tolse anche i ganci del reggiseno.

Ma per qualche istante rimase nella stessa posa e lo guardò.

Fece un passo avanti, guardando i suoi seni gonfi.

Rendendosi conto che non c'era scampo, Juliet alzò gli occhi al cielo, prese un respiro profondo e si tolse lentamente il reggiseno con entrambe le mani.

Non aveva il coraggio di guardarlo negli occhi adesso.

E poi si rese conto che stava ancora aspettando che lei uscisse o che gli voltasse le spalle.

Ma avrebbe potuto voltare le spalle lei stessa mentre si spogliava davanti a questo strano giovane!

Ma lei si era sfacciatamente spogliata dei suoi vestiti uno per uno davanti a lui ...

Era ancora più imbarazzata da questo pensiero.

"Piega i tuoi vestiti e mettili sul tavolo," Julieta riprese conoscenza al suo prossimo suggerimento.

Aprì gli occhi ma, evitando il suo sguardo, raccolse i pantaloni, la camicetta e il reggiseno che le stavano rotolando sulle gambe e si avvicinò al tavolo.

Piegandole con cura, le posò sul tavolo e si fermò di fronte a lui, ma non molto indietro.

"Ora girati e stai con entrambe le mani indietro", istruì di nuovo con voce seria.

Ora, voltandosi le spalle, chiedendosi a cosa sarebbe servito, si voltò e agitò entrambe le mani indietro come se fosse diventata molto pigra.

Lei annuì, sentendolo venire verso di lei.

I suoi polsi delicati furono toccati dal freddo metallo mentre pensava a cosa sarebbe successo dopo.

Che cosa nuova è questa, chiese, finché qualcosa non scattò e entrambe le mani furono catturate nella stessa posa che le aveva detto.

Oh Dio. Sei qui in un luogo sconosciuto, con un uomo sconosciuto, in questo momento, in un tale stato ... e ora così indifeso !!

Pochi vestiti sul corpo, nessun telefono nelle vicinanze, nessuna borsa ...

A cosa servirebbero?

Entrambe le mani erano intrappolate in catene da dietro.

Paul non è in vista.

E questo strano ma bellissimo giovane ti si sta avvicinando così tanto ... stupido!

Sei stupida, Juliet.

Perché le persone credono così ciecamente?

E questo anche in una persona come Paolo ... quanto bene lo conosci?

Cosa ti succederà adesso.

Oh Dio, cosa ho fatto ...

"Andiamo," disse, non aspettando che lei camminasse, ma tenendosi alle sue catene e camminando verso la porta.

Non aveva senso protestare.

Non appena fu fuori dalla porta, una folata di aria fredda spazzò Juliet e le lacrime le sgorgarono agli occhi.

Camminava con passi pesanti.

L'ha quasi trascinata nel parcheggio buio.

In uno stato così mezzo nudo, sentiva anche il sostegno di quell'oscurità, ma ...

Ma cos'è questo?

La vergogna del proprio corpo seminudo, della propria impotenza, della compagnia involontaria di questa giovane sconosciuta, mentre aveva paura, la eccitava anche impotente.

Si vergognava di sentire le dolci sensazioni avvenute coperte dall'unico indumento che le era rimasto sul corpo.

Non sapeva esattamente cosa stavi pensando.

Anche se il suo corpo era freddo, si sentiva calda mentre lasciava la stanza ed entrava nel parcheggio, con il tocco del suo corpo mentre camminava e la forte presa della sbarra.

I suoi capezzoli di cioccolato fondente si strinsero e iniziarono a fargli male per l'aria fredda.

Sembrava che stesse tenendo il bar con entrambe le mani molto strettamente ... ma aveva entrambe le mani intrappolate dietro la schiena.

E poi cosa gli sarebbe successo se avesse avuto entrambe le mani libere.

Se le pizzicava i capezzoli rigidi con la stessa forza con cui teneva il bilanciere ...

Juliet fu terribilmente sorpresa dai suoi stessi pensieri.

A cosa stavi pensando pochi istanti fa?

A causa di questa impotenza, la vergogna, le lacrime erano appena arrivate ai suoi occhi.

Ora il tocco della mano rocciosa di quest'uomo sconosciuto dovrebbe toccare la nostra parte più intima, il pensiero ... o il desiderio ...

Dio!

Cosa mi è successo

Quali pensieri ti vengono in mente?

Paul, dove sei, malvagio?

Tu ... mi hai fatto così!

Potrò guardarmi allo specchio domani o no?

C'era un piccolo cancello alla fine del parcheggio.

Lo sconosciuto aprì la porta e spinse Juliet dentro.

Era come una grande camera vuota.

Julieta strinse gli occhi e cercò di guardarsi intorno, ma era tutto buio tranne che per la lampada che pendeva al centro della stanza.

La tirò su di nuovo e la mise sotto la luce della lampada.

Il suo bel corpo, che era stato coperto dall'oscurità per così tanto tempo, fu nuovamente esposto.

Imbarazzata e all'improvviso la luce nei suoi occhi, si asciugò gli occhi con forza.

Alcuni momenti trascorsero in un silenzio estremo.

Non c'è movimento, non c'è movimento.

Chissà se mi ha lasciato qui ...

Sentì il suo tocco sfiorarle la vita lineare.

Una o due volte il tocco si spostò lentamente da entrambi i lati della sua vita alle sue ascelle e poi scivolò verso il basso e scivolò lungo i bordi delle sue mutandine.

Julieta si asciugò gli occhi con forza come se sapesse cosa sarebbe successo dopo.

Le dita di entrambe le mani abbassarono i bordi delle mutandine rosa.

Le sue mutandine si sono bloccate quando hanno raggiunto le sue cosce.

Con le mani legate dietro la schiena, non poteva fare niente.

Le dita della sua mano sinistra si fecero avanti da dietro con autorità e iniziarono ad abbassare la parte anteriore delle sue mutandine, pizzicandole, toccandole la vagina bagnata.

Un attimo dopo, l'ultimo indumento sul suo corpo, sebbene solo nominalmente, cadde ai suoi piedi.

"Mettili da parte," la sua voce potente echeggiò in quel vuoto.

Le liberò le gambe dalle mutandine senza pensare.

Adesso era completamente nuda, nuda, nuda.

Per non parlare del fatto che sul suo bel corpo erano rimaste alcune cose: orecchini, una cintura d'argento e tacchi alti.

Ovviamente, niente di tutto questo è servito per evitare l'imbarazzo, ma ha iniziato a pensare a se stessa mentre affrontava la situazione in cui si trovava.

"Resta ancora lì," disse, dando l'ordine successivo.

Sebbene Juliet aprisse gli occhi adesso, non voleva disobbedirgli.

Mentre pensava a quello che stava facendo, lo sentì spingere qualcosa.

Guardò a destra e lo vide.

Stava spingendo qualcosa con le ruote verso di lei.

Era un tavolo.

Il tavolo era alto circa la vita.

Cinghie di cuoio erano fissate sul tavolo.

Ha portato il tavolo proprio davanti a lei.

Poi, girandole di nuovo intorno, la spinse in avanti e la piegò sul tavolo.

"Allarga i piedi, Juliet," ordinò.

Ha obbedientemente spostato entrambe le gambe leggermente di lato.

"Ancora di più," gridò, e lei rimase con entrambe le gambe spalancate.

Ora la sua vagina bagnata stava toccando la pelle sul tavolo.

Non appena le sue gambe incontrarono le gambe del tavolo, lui legò saldamente entrambe le gambe con le cinghie di cuoio.

Adesso gli era impossibile muoversi.

Circondandola, le liberò le mani dalle catene.

Sorrise e si fermò di fronte a lei.

Mentre guardava il suo corpo nudo, gli occhi di Juliet si abbassarono automaticamente per l'imbarazzo.

Continuava a dare ordini.

"Scendi e toccati le dita dei piedi."

Quando lei si chinò, lui si chinò in avanti e le legò le mani alle gambe.

Non importa quanto fosse coraggiosa, Juliet era terrorizzata da questo stato di impotenza.

In questa fase, non era in grado di muoversi da sola.

La sua vagina bagnata e le natiche piene erano completamente esposte di fronte a "quello" sconosciuto.

Non solo, ma la sua vagina, e persino il suo buco del culo, dovevano essere visibili a lui ora.

Stava cercando di controllare il suo respiro, chiedendosi cosa avrebbe fatto dopo.

Per un minuto non si accorse di alcun movimento da parte sua, ma poi si rese conto che era molto vicino dietro di lei.

E allo stesso tempo ha sentito un tocco molto familiare, ma in un luogo inaspettato ...

Vaselina! Sì, era gelatina di petrolio.

Strofinò la vaselina nel suo buco posteriore con un dito ricoperto.

L'ha diffusa intorno a lei per un po 'e poi ha inserito il dito nel suo ano.

Juliet trattenne il respiro per un momento.

Prima di incontrare Paul, non era a conoscenza di nessun altro uso del suo buco anale diverso dal solito.

Si sentiva sconvolta quando vedeva il sesso anale in un video porno con Paul.

Avrebbe urlato a Paul e lo avrebbe costretto a passare la scena.

Ma una volta che le aveva legato le braccia e le gambe al letto e le aveva insegnato il tipo di sesso dominante, le aveva inserito un tappo di gomma nell'ano, nonostante la sua opposizione.

Juliet, che inizialmente stava urlando, ha accettato questo tipo di divertimento in pochissimo tempo.

Dopodiché, ogni volta che Paul scendeva a leccarle la vagina, lei iniziava a implorarlo di inserire almeno un dito dietro di lei.

In effetti, a Paul piaceva molto farlo in questo modo, ma solo per infastidire Juliet, le ricordava il suo rifiuto e il suo disgusto ...

Ma oggi, mentre il dito di questo uomo sconosciuto circolava liberamente attraverso il suo inguine e l'ano, aveva molte emozioni nella sua mente.

Era arrabbiata per la propria impotenza.

L'intruso lo infastidiva per la sfacciata avanzata.

Odiava Paul per averla messa in una situazione del genere.

Aveva le lacrime agli occhi per il dolore quando il suo dito penetrò all'interno.

E allo stesso tempo, era eccitata quando si rese conto che il dito di uno sconosciuto si stava muovendo nel suo ano in un posto strano.

Dopo aver spinto il dito dentro e fuori dal suo buco per un po ', ha inserito con la forza uno spesso tappo di gomma nel suo buco.

Sebbene la vaselina riducesse in qualche modo il disagio, la dimensione del tappo era molto più grande della dimensione del suo foro.

Ma Juliet non poteva fare altro che protestare.

Juliet stava cercando di smettere di piangere e fare un respiro profondo, in quel momento ...

Quando la spina fu completamente inserita all'interno, le diede uno schiaffo forte sul culo e si staccò da lei.

L'urlo letteralmente soffocato di Juliet seguì il suono del "crack" che riecheggiò per tutta la stanza.

A questo punto, si è arrabbiato molto con Paul.

Deve aver detto allo sconosciuto diverse cose che sono molto private tra loro due.

Naturalmente!

Inoltre, come può quest'uomo sapere che Juliet, che è sempre al comando al lavoro, ama essere dominata nel sesso?

Sebbene stesse piangendo mentre il suo dito si muoveva attraverso il suo ano, doveva sapere che le piace essere colpita con le dita.

E ora, senza preoccuparsi del dolore fisico che stava attraversando, e senza prevedere quale sarebbe stata la sua reazione, era convinta che Paul le avesse detto tutto a causa della forza con cui l'aveva sculacciata.

Paul le aveva anche insegnato il trucco per alleviare il dolore estremo.

Nel mondo esterno, Juliet non poteva sopportare la voce forte dell'uomo di fronte a lei.

Ma in questo mondo privato, la sua più grande fantasia era che qualcuno potesse torturarla, forzarla fisicamente.

Approfittando di queste informazioni, si è arrabbiato e allo stesso tempo molto eccitato quando ha capito che quest'uomo stava giocando con il suo corpo.

Con tutti questi pensieri in mente, tuttavia, continuò a lanciarle una frusta.

Le sue chiappe chiappe adesso erano rossastre come ciliegie e calde come l'inferno.

Dopo dieci o quindici colpi, gettò da parte la frusta e iniziò a sculacciare le natiche rossastre di Juliet.

Dopo molte torture, Juliet iniziò a desiderare di abbracciarlo.

Si fermò e si fermò di fronte a lei proprio quando lei voleva che le sue mani tornassero lì per un po 'di più.

Chinandosi e rilasciandole le mani, la raddrizzò.

Prese la sua mano delicata nella sua e la sollevò.

Juliet vide una corda robusta penzolare dall'alto.

Le legò con cura entrambe le mani e le avvolse nella corda.

Scivolò e cadde di lato.

La corda è stata legata attraverso il ponte dal tetto.

Slegò la corda dalla sua presa, la prese in mano e iniziò a tirarla con forza.

Il corpo di Juliet veniva tirato su e issato con la fune che le tirava le braccia.

Juliet gli stava lasciando tirare il suo corpo senza alcuna resistenza.

Continuò a tirare la corda finché non la sollevò per entrambi i talloni.

Ora Juliet era in piedi sulle punte dei suoi tacchi alti, dondolando il corpo, ma non penzoloni.

Legò di nuovo l'estremità della corda e si fermò di fronte a lei.

L'intero petto di Juliet era ora eretto poiché aveva entrambe le braccia alzate.

Guardando dall'alto in basso, anche i suoi capezzoli sembravano un po 'troppo angolati.

E poi, facendo roteare le dita sui cerchi scuri attorno ai suoi capezzoli, improvvisamente afferrò entrambi i capezzoli appuntiti con un pizzico e tirò forte.

Urlando volentieri, Juliet inciampò dov'era.

Anche le sue cosce erano limitate nei suoi movimenti poiché le sue gambe erano legate in basso e le sue mani in alto.

Ha continuato a tirare e rilasciare i suoi capezzoli con la presa delle sue dita.

Lentamente, Juliet iniziò di nuovo ad eccitarsi.

Si asciugò gli occhi, tirò indietro il collo e spostò il corpo verso di lui.

Era come se avesse voluto quel pizzico doloroso ancora e ancora.

Da lì, ha preso una piccola quantità di crema rossa sulle dita.

Delicatamente, le strofinò l'unguento intorno ai capezzoli.

Immerse di nuovo le dita nel tubo e raccolse dell'altra crema.

Ora la sua mano scese e iniziò a toccarle la vagina.

Trovando la sua vagina attraverso i suoi capelli fini, spalmò anche la crema lì.

Poi è tornato e le ha massaggiato il tappo di gomma color crema sull'ano.

Julieta era molto eccitata dal tocco di quella crema fredda sui suoi tre organi "privati".

Ma dopo pochi secondi, la crema fredda ha iniziato a scaldarla.

E a poco a poco ha iniziato a prudere nel punto in cui ha applicato la crema.

Era ansiosa che qualcuno le spremesse il seno.

Ha cercato di liberare le mani per premere sui propri seni, per stringere i propri legami rigidi.

In questo momento aveva bisogno delle sue dita rocciose, dei suoi capezzoli leccati e della sua vagina pruriginosa ...

E allo stesso tempo sentì il tocco di quell'oggetto vibrante.

Paul le aveva regalato un vibratore medio, ma fino ad oggi non l'ha mai usato da sola.

Paul lavorava da solo con lei al vibratore.

Ma ora il vibratore, che era penetrato nella sua vagina pruriginosa, sembrava troppo grande.

Inoltre, le sue vibrazioni erano molto più forti di quanto mi aspettassi.

Sebbene entrambe le gambe fossero legate, stava allungando le cosce per fare più spazio possibile per il vibratore.

Strisciò di un centimetro, anticipando la sua delicata vagina.

Tuttavia, Juliet era così eccitata dalla crema e dalla situazione in generale che spingeva tutto il suo corpo in avanti e cercava di far entrare il vibratore.

Quando prese lo spesso vibratore nella sua interezza, rimase immobile a tremare godendosi la sua vibrazione.

Entrambe le gambe legate.

Mi alzo con entrambe le mani legate.

In un luogo così sconosciuto, Juliet sentì la gioia di vivere appesa completamente indifesa, nuda, eccitata di fronte a uno sconosciuto.

Un tappo stretto nel suo ano e un vibratore che le riempie la vagina.

Capezzoli accesi da quella crema rossa in cima.

Voleva sinceramente che lo sconosciuto la mordesse, la mordesse e le schiacciasse le natiche paffute e carnose.

Si sentiva come se i due oggetti in entrambi i buchi fossero penetrati in profondità nel suo corpo.

Non aveva mai smesso di premere il vibratore, ma Juliet stessa stava cercando di farlo entrare.

Chiudendo entrambi i buchi, tirando polsi e caviglie fino al punto di tensione, allungò tutto il corpo e con un forte grido raggiunse l'apice della felicità.

Per la prima volta nella sua vita, quel momento è durato a lungo.

I muscoli del suo ano iniziarono a contrarsi mentre i suoi muscoli vaginali iniziarono a indebolirsi.

E prima che la prima ondata di eccitazione si placasse, il suo corpo si irrigidì di nuovo.

Ha sperimentato un secondo orgasmo consecutivo a causa del tappo di gomma inserito nel suo ano.

Stava provando estremo dolore e piacere allo stesso tempo.

Lentamente, il suo corpo iniziò ad affondare e chiuse gli occhi.

Il suo viso era appoggiato sul petto in posizione sospesa.

Si chinò in avanti e tirò fuori il vibratore dalla sua vagina.

Ci è voluto un po 'perché il suo corpo si riprendesse.

Poi, raccogliendo un po 'di forza, alzò il collo, aprì gli occhi e ...

... tutte le luci nella stanza erano accese.

Sotto il suo sguardo vide una quindicina di sedie, a soli tre metri da lei.

Fissava incredula le sedie e, naturalmente, le persone che vi sedevano.

C'erano uomini sulla trentina e sulla cinquantina ... e c'erano donne.

Tutti guardavano Giulietta con gioia e ammirazione.

Paul era seduto sull'ultima sedia e la guardava con orgoglio.

Sono stato felice di vedere Paul.

Ma poi ha ricordato la propria condizione e la recente "esposizione".

Imbarazzata, abbassò il collo, ma non riuscì a muovere le mani per coprire il suo corpo nudo.

E da cosa avrebbe nascosto adesso?

Dopo aver visto l'intero `` spettacolo ", loro ...

Con tutti questi pensieri che le scorrevano per la testa, sentì il pennello dell'acqua fredda dietro di lei.

Lo sconosciuto, che aveva giocato con il suo corpo per così tanto tempo, la stava "raffreddando" con una pipa ad acqua in mano.

Non aveva altra scelta che lasciarsi fare il bagno con le braccia e le gambe legate.

Girando il suo corpo nudo, la bagnò completamente dalla testa ai piedi.

Prima i resti delle ciglia sulle natiche, poi lo sfregamento delle braccia e delle gambe per la benda, il seno e i capezzoli che si sono gonfiati dalla crema e dalla sua manipolazione, in entrambi i suoi pori delicati da cui ha subito un attacco inaspettato da entrambi direzioni, e in tutto il suo corpo giovane e tenero.

Avevo davvero bisogno di quell'acqua fredda!

Quando fu completamente fradicia, chiuse il rubinetto e fece un passo avanti per allentare la presa sulle sue gambe.

Julieta allargò le lunghe gambe e cercò di stare in piedi.

Poi slegò la corda che pendeva sopra e le lasciò le mani.

Lasciandola sola per un momento, le si avvicinò di nuovo.

Sollevò il tavolo sul retro e fece sedere Juliet su di esso.

Non c'era forza nel suo corpo, non c'era desiderio nella sua mente di opporsi a nessuna delle sue azioni!

La mise sul tavolo e le legò le mani.

Questa volta le avvolse le cinghie intorno alle cosce senza legarle le gambe alle caviglie.

La vagina di Julieta era ora più aperta di prima, con le cinghie attaccate ai ganci su entrambi i lati del tavolo.

Ora la sua vagina rosa era visibile di fronte a lei ed era visibile anche il tappo di gomma nel suo foro posteriore.

L'ha lasciata in quello stato per un po '.

Ora il pensiero delle persone sedute nella stanza e la fissavano la faceva sentire imbarazzata e anche eccitata.

Ricordandosi che anche Paul era intorno a lei, si appoggiò allo schienale del tavolo, aspettando il prossimo attacco ...

E poi ha sentito il tocco familiare del vibratore ... prima sulle sue gambe, poi sulle sue cosce paffute, poi sul suo ventre piatto, intorno ai suoi capezzoli incavi, e poi lentamente si muove verso l'alto su entrambi i seni, sui suoi capezzoli stretti.

Non poteva credere di potersi emozionare di nuovo in così poco tempo.

Sentì lo scarico dalla sua vagina gocciolare dalle sue cosce esauste al suo stesso ano.

E fu sopraffatta dalla vista di quindici o venti estranei, uomini e donne che la fissavano.

Ansiosa, iniziò a pronunciare:

'Ah ah!'

All'improvviso, il vibratore si è spento.

L'eccitazione di Juliet non era più nel suo corpo.

Ha iniziato a urlare ad alta voce, urlando e chiamando lo sconosciuto a venire e continuare ad accarezzarla con il vibratore.

Devono essere passati alcuni secondi e poi ha sentito un tocco molto sconosciuto e inaspettato tra le sue due cosce ...

Sorpresa, guardò lì e vide che il giovane sconosciuto stava muovendo la sua lunga lingua sulla sua vagina.

Lei sorrise e lo guardò, poi si appoggiò allo schienale del tavolo e rilassò il corpo.

Non era più un estraneo per lei.

Gli altri uomini e donne nella stanza non esistevano per lei.

Non aveva nemmeno pensieri per Paul nella sua testa.

Sentendo il tocco della lingua lunga e forte del giovane, alzò gli occhi al cielo e si sdraiò.

Durante il successivo orgasmo, ha mantenuto un grande sorriso sul suo viso.

Per quanto tempo si è leccata la vagina, per quanto tempo è rimasta sdraiata sul tavolo, sveglia o addormentata ... Non avevo modo di saperlo.

Tutto quello che sapeva era che loro due erano di nuovo soli nella stanza, le sue membra erano libere, il tappo di gomma era stato rimosso dal suo ano e posto vicino al tavolo, e lo sconosciuto che le aveva dato il più grande orgasmo della sua vita , senza rapporti, le stava cortesemente di fronte.

Si alzò lentamente e si alzò dal tavolo.

Aveva i suoi vestiti tra le mani.

Ora, mentre si vestiva, le si appoggiava ... non per metterla in imbarazzo, ma per abbottonarle il reggiseno stretto.

L'ha anche gentilmente aiutata a finire di vestirsi.

Dopo essersi vestito, ricondusse Juliet alla capanna dell'Osservatore.

La stessa Mercedes nera era in piedi davanti.

L'autista della Mercedes le aprì la portiera e si fermò in attesa.

Julieta sorrise quando si ricordò della cordialità dell'autista.

Voltandosi, chiese per la prima volta da quando aveva incontrato lo 'straniero',

"Come ti chiami?"

Lui sorrise.

Le prese la mano e la strinse più vicino e disse:

"Il mio nome non è importante."

Poi ha sorriso e ha detto "Grazie" e ha iniziato a camminare verso la macchina.

Paul la stava aspettando sul sedile posteriore dell'auto.

Appena entrato, Juliet abbracciò Paul tra le braccia.

Paul gli diede una pacca affettuosa sulla testa e fece cenno all'autista di avviare la macchina.

La Mercedes nera riprese a correre per le strette vie della zona industriale verso la frenetica città.

Paul prese una videocamera che aveva messo da parte e avvicinò lo schermo a Juliet e disse:

"Tutto quello che hai fatto da quando sei sceso dalla macchina ... o tutto quello che ti è stato fatto è in questo video. Quanto sei coraggioso."

Juliet si stava rilassando tra le sue braccia.

Il sorriso sul suo viso e la soddisfazione parlavano per lei senza bisogno di aggiungere altro.

Lasciandola rilassarsi in macchina, Paul la accarezzò di nuovo e fissò il nastro del suo coraggio.

Il piano di oggi è stato un successo.

Ero felice ed emozionato che presto sarei stato pronto per una fantastica prossima avventura ...

FINE